T0018109

La Esposa joven

Alessandro Baricco

La Esposa joven

Traducción de Xavier González Rovira

EDITORIAL ANAGRAMA
BARCELONA

Título de la edición original:
La Sposa giovane

Ilustración: Tanino Liberatore

Primera edición en «Panorama de narrativas»: noviembre 2016
Primera edición en «Compactos»: enero 2022

Diseño de la colección: Julio Vivas y Estudio A

ISBN: 978-84-339-6099-3
Depósito Legal: B 19106-2021

Printed in Spain

Liberdúplex, S. L. U., ctra. BV 2249, km 7,4 - Polígono Torrentfondo
08791 Sant Llorenç d'Hortons

A Samuele, Sebastiano y Barbara.
Gracias.

Los escalones para subir son treinta y seis, de piedra, y el anciano los sube despacio, circunspecto, casi como si fuera recogiéndolos uno a uno para conducirlos hasta el primer piso: él es un pastor; ellos, sus tranquilos animales. Modesto es su nombre. Sirve en esa casa desde hace cincuenta y nueve años; es, por tanto, su sacerdote.

Al llegar al último escalón se detiene frente al amplio pasillo que se prolonga sin sorpresas ante su mirada: a la derecha, las habitaciones cerradas de los Señores, cinco; a la izquierda, siete ventanas, cerradas con postigos de madera lacada.

Es justo el amanecer.

El anciano se detiene porque tiene una enumeración personal que debe actualizar. Lleva la cuenta de las mañanas que ha inaugurado en esa casa, siempre de la misma manera. Así que añade otra unidad que se pierde entre los millares. La cuenta es vertiginosa, pero no está preocupado: oficiar desde siempre el mismo ritual matutino le parece coherente con su trabajo, respetuoso con sus inclinaciones y típico de su destino.

Después de pasar la palma de las manos sobre la tela

planchada de los pantalones –en los costados, a la altura de los muslos– adelanta la cabeza casi imperceptiblemente y pone en movimiento de nuevo sus pasos. Ignora las puertas de los Señores, pero al llegar a la primera ventana, a la izquierda, se detiene para abrir los postigos. Lo hace con gestos suaves y exactos. Los repite con cada ventana, siete veces. Sólo entonces se vuelve, para juzgar la luz del amanecer que entra en haces a través de los cristales: se sabe todos los matices posibles y por su naturaleza sabe cómo será el día: puede deducir, a veces, borrosas promesas. Dado que van a fiarse de él –todo el mundo–, es importante la opinión que se forme.

Sol velado, suave brisa, decide. Así será.

Entonces recorre de regreso el pasillo, esta vez dedicándose a la pared antes ignorada. Abre las puertas de los Señores, una tras otra, y en voz alta anuncia el comienzo del día con una frase que repite cinco veces sin modificar ni el timbre ni la inflexión.

Buenos días. Sol velado, suave brisa.

Luego desaparece.

No existe hasta que vuelve a aparecer, inmutable, en el salón de los desayunos.

Debido a antiguos acontecimientos sobre cuyos detalles se prefiere por ahora guardar silencio, la costumbre se cierne sobre ese despertar solemne, que luego se convierte en festivo y prolongado. Concierne a toda la casa. Nunca antes del amanecer, esto es taxativo. Esperan la luz y la danza de Modesto en las siete ventanas. Sólo entonces consideran que ha terminado para ellos la condena de la cama, la ceguera del dormir y la apuesta de los sueños. Muertos, la voz del anciano los trae de vuelta a la vida.

Entonces salen en enjambre de las habitaciones, sin

ponerse ropa encima, sin pasar siquiera por el alivio de un poco de agua sobre los ojos, en las manos. Con los olores del sueño en el pelo y en los dientes, nos cruzamos en los pasillos, en las escaleras, a la salida de las habitaciones, abrazándonos como exiliados que regresan a alguna tierra lejana, incrédulos por haber escapado de ese embrujo que nos parece la noche. Separados por el obligatorio sueño, volvemos a constituirnos como una familia y desembocamos en la planta baja, en el gran salón de los desayunos como un río subterráneo que ahora sale a la luz, presagiando el mar. Lo hacemos mayormente riendo.

Un mar aparejado, de hecho, es la mesa puesta de los desayunos; un término que nadie ha pensado nunca en utilizar en singular, donde sólo un plural puede restituir la riqueza, la abundancia y la disparatada duración. Es evidente el sentido pagano de agradecimiento: la calamidad de la que se ha huido, el sueño. Sobre todas las cosas vela el imperceptible deslizamiento de Modesto y de dos camareros. En un día normal, ni de Cuaresma ni de fiesta, el fasto ordinario ofrece tostadas de pan blanco e integral, rizos de mantequilla colocados sobre la plata, mermelada de nueve frutas, miel y puré de castaña, ocho tipos de bollos que culminan en un inimitable cruasán, cuatro pasteles de diferentes colores, una copa de nata montada, fruta de temporada siempre cortada con geométrica simetría, un despliegue de raros frutos exóticos, huevos del día presentados en tres tiempos de cocción diferentes, quesos frescos más un queso inglés llamado Stilton, jamón de granja en finas lonchas, taquitos de mortadela, consomé de buey, fruta confitada en vino tinto, galletas de maíz, pastillas digestivas de anís, cerezas de mazapán, helado de avellana, una taza de chocolate caliente, pralinés suizos, regalices, cacahuetes, leche, café.

El té es detestado; la manzanilla, reservada a los enfermos.

Se puede entender entonces cómo una comida considerada por la mayoría un rápido paso de la jornada en esa casa es en cambio un complejo e interminable procedimiento. La práctica cotidiana exige que estén en la mesa durante horas, hasta limitar con el ámbito del almuerzo, que de hecho en esa casa nunca se puede hacer, como en una itálica imitación del *brunch* de más alto rango. Sólo a cuentagotas, de vez en cuando, algunos se levantan para luego reaparecer en la mesa parcialmente vestidos, o lavados, las vejigas vaciadas. Pero se trata de detalles que apenas se pueden percibir. Porque a la gran mesa, todo hay que decirlo, acceden los visitantes del día, familiares, conocidos, postulantes, proveedores, eventuales autoridades, hombres y mujeres de la Iglesia: cada uno con su propio tema. Es praxis de la Familia recibirlos allí, en la corriente del torrencial desayuno, en una forma de informalidad exhibida que nadie, ni siquiera ellos, sería capaz de distinguir del súmmum de la arrogancia, que es recibir a la gente en pijama. La frescura de la mantequilla y el mítico punto de cocción de las tartas inclinan, de todas formas, a la amabilidad. El champán siempre en hielo, y ofrecido con generosidad, es suficiente por sí solo para motivar la presencia de mucha gente.

Por eso, no resulta raro ver alrededor de la mesa de los desayunos a decenas de personas, de forma simultánea, a pesar de ser sólo cinco en la familia; y en realidad cuatro, ahora que el Hijo varón está en la Isla.

El Padre, la Madre, la Hija, el Tío.

Temporalmente en el extranjero, en la Isla, el Hijo varón.

Finalmente se retiran a sus habitaciones hacia las tres de la tarde, y en media hora salen de ellas rebosantes de elegancia y de frescura, como todo el mundo reconoce. Las horas centrales de la tarde las consagramos a los negocios: la fábrica, las granjas, la casa. Al atardecer, el trabajo solitario –se medita, se inventa, se reza– o las visitas de cortesía. La cena es tardía y frugal, consumida cada uno a su aire, sin solemnidad: reside ya bajo el ala de la noche, por lo que tendemos a despacharla, como un inútil preámbulo. Sin despedirnos, a continuación partimos hacia la incógnita del sueño, cada uno exorcizándola a su manera.

Desde hace ciento trece años, todo hay que decirlo, en nuestra familia todos han muerto de noche.

Esto lo explica todo.

En particular, esa mañana, el tema era la utilidad de los baños en la playa, sobre los que Monseñor, mientras se metía a paletadas nata montada en la boca, albergaba sus reservas. Intuía en ello una incógnita moral evidente, sin atreverse, no obstante, a definirla con exactitud.

El Padre, hombre de buen carácter y, en caso necesario, feroz, estaba ayudándolo a enfocar el asunto.

–Si es tan amable, Monseñor, recuérdeme dónde se habla de ello, concretamente, en el Evangelio.

A la respuesta, evasiva, sirvió como contrapeso el timbre de la entrada, al que todo el mundo prestó una mesurada atención, tratándose obviamente de la enésima visita.

Se ocupaba de ello Modesto, quien abrió como siempre y se encontró delante a la Esposa joven.

No era esperada para ese día, o tal vez sí, pero se habían olvidado.

Soy la Esposa joven, dijo.

Usted, anotó Modesto. Luego miró a su alrededor, sorprendido, porque no era razonable que hubiera llegado sola, y en cambio no se veía a nadie hasta donde alcanzaba la vista.

Me han dejado al final del paseo, dije, tenía ganas de contar mis pasos en paz. Y dejé mi maleta en el suelo.

Tenía, tal y como se había acordado, dieciocho años.

La verdad es que yo no tendría ninguna reserva en mostrarme desnuda en la playa –estaba indicando la Madre mientras tanto–, dado que siempre he tenido cierta inclinación por la montaña (muchos de sus silogismos eran realmente inescrutables). Podría citar por lo menos una docena de personas, proseguía, a las que he visto desnudas, y no hablo de niños o de viejos moribundos, hacia quienes siento cierta comprensión de fondo, aunque...

Se interrumpió cuando la Esposa joven entró en la sala, y lo hizo no tanto porque la Esposa joven hubiera entrado en la sala, sino porque había sido introducida en la misma por una alarmante tos de Modesto. Tal vez ya he dicho antes que, en sus cincuenta y nueve años de servicio, el anciano había puesto a punto un sistema comunicativo laríngeo que toda la familia había aprendido a descifrar igual que si fuera una escritura cuneiforme. Sin tener que recurrir a la violencia de las palabras, una tos –o, en contadas ocasiones, dos, en las formas más articuladas– acompañaba sus gestos como un sufijo que aclaraba el significado de los mismos. En la mesa, por poner un ejemplo, no servía ni un solo plato sin acompañarlo con una aclaración de la epiglotis, a la que confiaba su personalísima opinión. En esa circunstancia específica, introdujo a la Esposa joven con un siseo apenas esbozado, lejano. Indicaba, todo el mundo lo sabía, un nivel muy alto de vigilancia, y ésta es la razón por la que la Madre se interrumpió, cosa que no solía hacer, ya que anunciarle un invitado, en una situación normal, no era diferente a servirle agua en su vaso, ya se la bebería luego con calma. Se interrumpió, por tanto, volviéndose hacia la recién llegada. Reparó en la edad inmadura de ella y con un automatismo de clase dijo

–¡Cariño!

Nadie tenía ni la menor idea de quién era.

Luego debió de abrirse una rendija en su mente tradicionalmente desordenada, porque preguntó

–¿En qué mes estamos?

Alguien respondió Mayo, el Farmacéutico, probablemente, a quien el champán hacía insólitamente preciso.

Entonces la Madre volvió a repetir ¡Cariño!, pero esta vez consciente de lo que estaba diciendo.

Es increíble lo rápido que ha llegado mayo este año, estaba pensando.

La Esposa joven amagó una reverencia.

Se habían olvidado, eso era todo. Todas las cosas estaban acordadas, pero desde hacía tanto tiempo que luego se había perdido una memoria exacta. No debía deducirse de ello que hubieran cambiado de idea: eso, en todo caso, habría sido demasiado cansado. Una vez decidido algo, en esa casa no se cambiaba nunca, por razones obvias de economía de las emociones. Simplemente, el tiempo había pasado con una velocidad tal que no sintieron la necesidad de llevar la cuenta del mismo, y ahora la Esposa joven estaba allí, probablemente para llevar a cabo lo que había sido acordado hacía tiempo, con la aprobación oficial de todo el mundo: casarse con el Hijo.

Resultaba fastidioso admitir que, ateniéndose a los hechos, el Hijo no estaba allí.

No pareció urgente, de todas formas, detenerse en este detalle, y así todo el mundo se dedicó sin titubeos a un feliz coro de bienvenida general, diversamente matizado con sorpresa, alivio y gratitud: esta última por la marcha de las cosas de la vida, que parecía ajena a las humanas distracciones.

Porque ahora que he empezado a contar esta historia (y esto a pesar de la desconcertante serie de acontecimientos que me impresionó y que desaconsejaría embarcarse en una empresa semejante), no puedo evitar esclarecer la geometría de los hechos, según como voy recordándola poco a poco, anotando por ejemplo que el Hijo y la Esposa joven se habían conocido cuando ella tenía quince años y él dieciocho, acabando gradualmente por reconocer, el uno en el otro, un correctivo suntuoso a las indecisiones del corazón y al aburrimiento de la juventud. Ahora resulta prematuro explicar por qué singular camino, pero es importante saber que más bien rápidamente llegaron a la feliz conclusión de que querían casarse. A sus familias respectivas el asunto les pareció incomprensible, por motivos que tendré tal vez la forma de clarificar si las garras de esta tristeza acaban por soltar la presa: pero la personalidad singular del Hijo, que tarde o temprano tendré fuerzas para describir, y la nítida determinación de la Esposa joven, para transmitir la cual me gustaría encontrar la lucidez necesaria, aconsejaron cierta prudencia. Se acordó que era mejor transigir y se pasó a desatar algunos cabos técnicos, en primer lugar la no perfecta alineación de sus respectivas posiciones sociales. Cabe recordar que la Esposa joven era la única hija de un ganadero que podía alardear de otros cinco hijos varones, mientras que el Hijo pertenecía a una familia que desde hacía tres generaciones fraguaba sus beneficios en la producción y el comercio de lanas y tejidos de cierto valor. El dinero no le faltaba ni a una parte ni a la otra, pero indudablemente eran dineros de especies diferentes, uno desatado por telares y elegancias antiguas; el otro, a partir de estiércol y atávicas bregas. El asunto provocó un páramo de timorata indecisión que se superó más tarde, cuando el Padre anunció de forma solemne que el matrimonio entre la riqueza agraria y las finanzas industriales representaba el natural desarrollo de la iniciativa del Norte, trazando una clara vía de transformación para todo el País. Se deducía de ello la necesidad de superar esquematismos sociales que a esas alturas pertenecían al pasado. Dado que formalizó el tema con estos términos exactos, pero lubricando la secuencia con un par de buenas blasfemias colocadas artísticamente, la argumentación pareció convencer a todo el mundo, con su mezcla de irreprochable racionalidad e instinto veraz. Decidimos simplemente esperar a que la Esposa joven llegara a ser un poco menos joven: había que evitar posibles comparaciones entre un matrimonio tan bien ponderado y determinadas uniones campesinas, apresuradas y vagamente animales. Esperar, además de ser de indudable comodidad, nos pareció la certificación de una actitud moral superior. El clero no tardó en confirmarlo, olvidando aquellas oportunas blasfemias.

Así que iban a casarse.

Ya puestos, y dado que esta noche siento sobre mí cierta ilógica ligereza, quizá inducida por las luces afligidas de esta habitación que me han prestado, me siento con ganas de añadir algo sobre lo que ocurrió poco después del anuncio del compromiso, por iniciativa, sorprendente, del padre de la Esposa joven. Era un hombre taciturno, tal vez bueno, a su manera, pero también caprichoso, o inopinado, como si el demasiado trato con algunos animales de trabajo le hubiera transmitido una carga de inocua imprevisibilidad. Un día comunicó con palabras descarnadas que había decidido intentar una definitiva apoteosis de sus negocios emigrando a Argentina, a la conquista de pastos y de mercados, cuyos detalles había estudiado en su totalidad en las invernales noches de mierda sitiadas por la niebla. Las personas que lo conocían, vagamente desorientadas, decidieron que a semejante determinación no debía de ser ajena la frialdad existente en el lecho conyugal, tal vez una ilusión de juventud tardía, probablemente una sospecha infantil de horizontes infinitos. Cruzó el océano, con tres hijos varones, por necesidad, y con la Esposa joven, por consuelo. Dejó a su esposa y sus otros hijos vigilando la tierra, con la promesa de que se reunirían con él si las cosas salían bien, cosa que llevó a cabo posteriormente, transcurrido un año, vendiendo incluso todas sus propiedades en el país y apostando todo su patrimonio en la mesa de juego de la pampa. Antes de partir, sin embargo, realizó una visita al Padre del Hijo y le confirmó por su honor que la Esposa joven se presentaría con el pistoletazo de su decimoctavo año para cumplir con la promesa de matrimonio. Los dos hombres se estrecharon la mano, en lo que en aquellos lares constituía un gesto sagrado.

En cuanto a los dos prometidos, se despidieron aparentemente tranquilos y secretamente desorientados: tenían, debo decir, buenas razones para estar de una forma y otra.

Una vez que los granjeros hubieron zarpado, el Padre pasó unos días en un silencio inusual para él, dejando de lado prácticas y costumbres que consideraba imprescindibles. Algunas de sus decisiones más inolvidadas habían nacido en similares suspensiones de la presencia, por lo que toda la Familia estaba resignada a grandes novedades cuando por fin el Padre habló breve, pero clarísimamente. Dijo que cada uno tenía su propia Argentina, y que para ellos, líderes de la industria textil, Argentina se llamaba Inglaterra. Hacía algún tiempo que, de hecho, observaba ciertas fábricas del otro lado del canal de la Mancha que optimizaban de manera sorprendente su línea de producción: entre líneas, se intuían beneficios que a uno le provocaban mareos. Hay que ir a ver, dijo el Padre, y posiblemente copiar. Luego se volvió hacia el Hijo.

Irás tú, ahora que has sentado la cabeza, le dijo haciendo un poco de trampa en los términos de la cuestión.

Así que el Hijo partió, feliz incluso de hacerlo, con la misión de estudiar los secretos ingleses y traer de vuelta lo mejor, para la futura prosperidad de la Familia. Nadie se esperaba que volviera en el plazo de unas pocas semanas; y luego nadie se percató de que no volvía, ni siquiera en el plazo de algunos meses. Pero eran así: ignoraban la sucesión de los días, porque su objetivo era vivir uno solo, perfecto, repetido hasta el infinito: por tanto, el tiempo era para ellos un fenómeno de lábiles contornos que resonaba en sus vidas igual que una lengua extranjera.

Todas las mañanas, desde Inglaterra, el Hijo nos enviaba un telegrama con un texto inmutable: *Todo bien*. Se estaba refiriendo, por supuesto, a la insidia de la noche. Era la única noticia que en casa queríamos saber de verdad: además, nos hubiera resultado demasiado cansado dudar de que el Hijo podía hacer otra cosa, en esa ausencia prolongada, que cumplir con su deber, sazonado a lo sumo por alguna leve y envidiable desviación. Evidentemente, las fábricas inglesas eran numerosas y merecían un análisis en profundidad. Dejamos de esperarlo: total, ya volvería.

Pero volvió antes la Esposa joven.

Deja que te mire, dijo la Madre, radiante, una vez que se hubo recolocado la mesa.

Todo el mundo la miró.

Se percataban de un matiz que no sabrían determinar.

Lo dijo el Tío, despertándose del sueño que estaba durmiendo desde hacía largo rato, echado en una butaca, una copa de champán, llena hasta el borde, aferrada entre los dedos.

Usted debe de haber bailado mucho, señorita, por allí. Me alegro.

Luego bebió un sorbo de champán y volvió a dormirse.

La del Tío era una figura agradecida en la familia, e insustituible. Un misterioso síndrome, del que era el único enfermo conocido, lo mantenía atrincherado en un sueño perenne del que salía, con brevísimos intervalos, con el único fin de participar en la conversación con una puntualidad a la que todos nos habíamos acostumbrado ya a considerar obvia y que, por el contrario, era, evidentemente, ilógica. Había algo en él que era capaz de aprehender, incluso en sueños, todos los sucesos y todas las palabras. Es más, ese provenir de otra parte parecía a menudo conferirle tal lucidez, o tal ojo singular sobre las cosas, que dotaba a sus despertares y a sus relativas apreciaciones de una resonancia casi oracular, profética. Aquello nos tranquilizaba mucho, porque sabíamos que podíamos contar en todo momento con la provisión de una mente hasta tal punto descansada que podía desatar como por arte de magia cualquier nudo que se presentara en el razonamiento doméstico o en el vivir cotidiano. No nos molestaba, por otro lado, el asombro de los extraños frente a esas hazañas singulares, detalle que confería a nuestra casa una razón más para hacerla atractiva. De regreso con sus familias, los invitados a menudo llevaban consigo el legendario recuerdo de ese hombre que podía, mientras estaba dormido, quedarse detenido en acciones incluso complejas, entre las que sujetar una copa de champán llena hasta el borde no era más que un pálido ejemplo. Podía, en sueños, afeitarse, y no pocas veces se le había visto tocar el piano mientras dormía, si bien marcando los tiempos levemente ralentizados. No faltaban quienes decían que lo habían visto jugar al tenis completamente dormido: parece que despabilaba sólo para los cambios de campo. Refiero todo esto para que conste, pero también porque hoy me ha parecido vislumbrar una coherencia en todo lo que me está ocurriendo, y por eso mismo hace unas horas que me resulta sencillo oír sonidos que, de lo contrario, presa de las garras del extravío, se convierten en inaudibles: por ejemplo, el tintineo de la vida, a menudo, sobre la mesa de mármol del tiempo, como perlas dejadas caer. El ser gracioso de los seres vivos; esta particular ocurrencia.

Eso es, sí, debe de haber bailado mucho, confirmó la Madre, yo no sabría decirlo mejor, y además a mí nunca me han gustado los pasteles de fruta (muchos de sus silogismos eran realmente inescrutables).

¿Tangos?, preguntó turbado el notario Bertini, para quien pronunciar la palabra *Tango* ya era de por sí algo sexual.

¿Tangos? ¿Argentina? ¿Con ese clima?, preguntó la Madre, pero no se sabía a quién.

Puedo asegurarle que el tango es de origen claramente argentino, pespunteó el notario.

Entonces se oyó la voz de la Esposa joven.

Viví tres años en la pampa. Nuestro vecino estaba a dos días a caballo. Un sacerdote nos traía una vez al mes la Eucaristía. Una vez al año nos íbamos de viaje a Buenos Aires, con la idea de asistir al estreno del Festival de la Ópera. Pero nunca llegamos a tiempo. Siempre estaba mucho más lejos de lo que pensábamos.

Decididamente, poco práctico, observó la Madre. ¿Cómo pensaba tu padre encontrar así un marido para ti?

Alguien le comentó que la Esposa joven era la prometida del Hijo.

Es obvio, ¿usted cree que no lo sé? Planteaba una observación general.

Pero es verdad, dijo la Esposa joven, allí bailan el tango. Es hermosísimo, dijo.

Se sintió esa misteriosa oscilación del espacio que anunciaba siempre los imponderables despertares del Tío.

El tango le proporciona un pasado a quien no lo tiene y un futuro a quien no lo espera. Luego volvió a dormirse.

Mientras, la Hija miraba, silenciosa, desde su silla al lado del Padre.

Tenía la misma edad que la Esposa joven, una edad, permítaseme el inciso, que no tengo desde hace un montón de años. (Ahora, al volver a pensarlo, tan sólo veo una gran confusión, pero también algo que me parece interesante, el derroche de una belleza inaudita e inutilizada. Lo que por otra parte me lleva de nuevo a la historia que pretendo relatar, aunque sólo sea para salvar mi vida, pero seguramente también por la sencilla razón de que hacerlo es mi trabajo.) La Hija, decía. Había heredado de la Madre una belleza que en aquellos lares sonaba aristocrática: porque a las mujeres de esa tierra se reservaban limitados fogonazos de esplendor –la forma de los ojos, dos piernas afortunadas, el negro azabache del pelo–, pero nunca esa perfección completa y rotunda –fruto aparente de mejoras seculares aportadas en la sucesión de infinitas generaciones– que la Madre aún conservaba y que ella, la Hija, replicaba milagrosamente, bajo el oropel, por si fuera poco, de la edad feliz. Y hasta ahí, todo bien. Pero la verdad se hace evidente cuando salgo de mi elegante inmovilidad y me muevo, desplazando irremediables cuotas de infelicidad, por el inmodificable hecho de ser inválida. Un accidente, tendría algo así como ocho años. Un carro que se escapa de las manos, un caballo desbocado de repente, en una calle estrecha entre las casas, en la ciudad. Los médicos venidos desde el extranjero, insignes, hicieron el resto, ni siquiera fue por incompetencia: por mala suerte, quizá, aunque en cualquier caso de una forma complicada y dolorosa. Ahora camino arrastrando una pierna, la derecha, que si bien fue diseñada a la perfección, está provista de un peso razonable y carente de la más mínima idea de cómo armonizarse con el resto del cuerpo. El pie posa grave y un poco muerto. Tampoco el brazo es normal, parece capaz solamente de tres posiciones, y tampoco resultan demasiado elegantes. Se diría que es un brazo mecánico. Así, ver cómo me levanto de una silla y salir a mi encuentro, para un saludo, o un gesto de cortesía, supone una experiencia extraña, de la que el término desilusión puede ofrecer una pálida idea. Hermosa más allá de las palabras, me desplomo ante el mínimo andar, convirtiendo en un instante toda la admiración en piedad y todo el deseo en desazón.

Es algo que sé. Pero no me siento inclinada a la tristeza, ni tengo talento para el dolor.

Mientras la conversación se había trasladado hasta la tardía floración de los cerezos, la Esposa joven se acercó a la Hija y se inclinó para besarla en las mejillas. Ella no se levantó porque en ese momento quería ser hermosa. Hablaron en voz baja, como si fueran viejas amigas, o tal vez por el repentino deseo de serlo. Instintivamente, la Hija se dio cuenta de que la Esposa joven había aprendido la distancia, y que nunca iba a abandonarla, habiéndola elegido como su forma particular e inimitable de elegancia. Será ingenua y misteriosa, siempre, pensó. Van a adorarla.

Luego, cuando ya retiraban las primeras botellas vacías de champán, la conversación tuvo un instante de suspensión colectiva, casi mágica, y en ese silencio la Esposa joven preguntó de una bonita manera si podía hacer una pregunta.

Pues claro que sí, cariño.

¿El Hijo no está aquí?

¿El Hijo?, soltó la Madre a fin de darle tiempo al Tío para salir de su otro lugar y echar una mano, pero dado que no sucedía nada, ¡Ah, el Hijo, claro!, prosiguió, el Hijo, obviamente, mi Hijo, por supuesto, es una buena pregunta. Luego se volvió hacia el Padre. ¿Querido?

En Inglaterra, dijo el Padre con absoluta serenidad. ¿Tiene usted idea de lo que es Inglaterra, señorita?

Creo que sí.

Eso es. El Hijo está en Inglaterra. Aunque de forma provisional, por descontado.

¿Quiere decir que va a volver?

Sin duda alguna, en cuanto lo llamemos.

¿Y van a llamarlo?

Ciertamente es algo que tendríamos que hacer lo antes posible.

Hoy mismo, delimitó la Madre, empleando una sonrisa que guardaba para las grandes ocasiones.

Así, por la tarde –y no antes de finalizar la liturgia del desayuno– el Padre se sentó en su escritorio y aceptó tomar nota de lo que había sucedido. Lo hacía, por lo general, con cierto retraso –me refiero a tomar nota de los hechos de la vida, y en particular de los que suponían cierto desorden–, pero no quisiera yo que esto se interpretara como una forma de entorpecida ineficiencia. Era, en realidad, una lúcida cautela de orden médico. Como todo el mundo sabía, el Padre había nacido con eso que a él le gustaba definir como «una inexactitud del corazón», expresión que no debe ser situada en un contexto sentimental: algo irreparable se había astillado en su músculo cardíaco, cuando aún era una hipótesis en construcción en el seno de su madre, de manera que nació con un corazón de cristal, al que primero los médicos y luego, a continuación, él mismo se habían resignado. No tenía cura, salvo una aproximación prudente, y ralentizada, al mundo. Según los manuales, un sobresalto particular, o un desasosiego sin preparación, se lo llevarían por delante en el mismo instante. El Padre, de todas formas, sabía por experiencia que no había que tomarlo tan al pie de la letra. Comprendió que estaba de prestado en la vida, y de ello había derivado un hábito de la cautela, una inclinación hacia el orden y la confusa certeza de habitar un destino especial. A esto hay que remitir su buen carácter natural y su ocasional fiereza. Deseo añadir que no le tenía miedo a la muerte: tenía con ella el grado suficiente de confianza, si no de intimidad, como para saber con certeza que la sentiría llegar a tiempo para hacer buen uso de ella.

Así que, ese día, no se dio una prisa particular en tomar nota de la llegada de la Esposa joven. En cualquier caso, una vez liquidados los deberes de costumbre, no rehuyó la tarea que le aguardaba: se inclinó sobre el escritorio y sin titubeos redactó el texto del telegrama, concibiéndolo con respeto a elementales exigencias de economía y con el propósito de alcanzar la irrefutable claridad que se hacía necesaria. Contenía estas palabras:

Regresada Esposa joven. Apresurarse.

La Madre, por su parte, decidió que no había ni siquiera que discutir: no teniendo un hogar propio y, en cierto sentido, tampoco una familia en tanto en cuanto todas sus posesiones y parientes se habían trasladado a Sudamérica, la Esposa joven se quedaría esperando allí en su casa. Dado que Monseñor no pareció presentar ninguna objeción moral, dada la ausencia del Hijo bajo el techo familiar, se le pidió a Modesto que preparara la habitación de invitados, de la que todos, por otra parte, bien poco sabían, puesto que nunca invitaban a nadie. Estaban moderadamente seguros de que existía, de todos modos. La última vez estaba ahí.

No será necesaria ninguna habitación de invitados, ella dormirá conmigo, dijo la Hija tranquilamente. Lo dijo sentada, y cuando estaba así su belleza era de las que no admitían objeciones.

Eso si es de su agrado, naturalmente, añadió la Hija, buscando la mirada de la Esposa joven.

Lo es, dijo la Esposa joven.

Así entró a formar parte de la Casa, donde ella se había imaginado entrar como esposa y, en cambio, se encontraba ahora siendo hermana, hija, invitada, presencia bienvenida, decoración. Le resultó natural hacerlo y rápido aprender modos y tiempos de un vivir que desconocía. Captaba su rareza, pero escasas veces alcanzaba a sospechar su absurdidad. Unos días después de su llegada, Modesto se le acercó y respetuosamente le dio a entender que si sentía la necesidad de alguna aclaración, para él sería un privilegio poder orientarla.

¿Hay reglas que se me hayan escapado?, preguntó la Esposa joven.

Si me lo permite, le destacaría únicamente cuatro, aunque sólo sea por no poner demasiada carne en el asador, dijo él.

De acuerdo.

Aquí se teme a la noche, de esto me imagino que ya habrá sido informada.

Sí, claro. Pensaba que era una leyenda, pero me he dado cuenta de que no lo es.

En efecto. Y ésta es la primera.

Temer a la noche.

Respetarla, digamos.

Respetarla.

Exacto. En segundo lugar: la infelicidad no es bienvenida.

¿Ah, no?

No me malinterprete, este asunto tiene que entenderse convenientemente enmarcado.

¿Eso qué quiere decir?

La Familia ha acumulado a lo largo de tres generaciones una considerable fortuna y si se le ocurre preguntarse cómo se ha llegado a semejante resultado me permito sugerirle la respuesta: talento, valentía, maldad, errores afortunados y un profundo, coherente e indefectible sentido de la economía. Cuando hablo de economía no sólo hablo de dinero. Esta familia no desperdicia nada. ¿Me sigue?

Claro.

Verá, aquí se tiene propensión a creer que la infelicidad es una pérdida de tiempo y, en consecuencia, una forma de lujo que, durante cierto número de años, nadie puede permitirse aún. Tal vez en un futuro. Pero, por ahora, en ninguna circunstancia de la vida, por muy penosa que sea, está permitido robarles a las almas algo más que un momentáneo desconcierto. La infelicidad roba tiempo a la alegría, y en la alegría se construye la prosperidad. Si lo piensa por un momento, es muy sencillo.

¿Puedo formular una objeción?

Por favor.

Si son tan maniáticos con la economía, ¿qué pasa con esos desayunos?

No son desayunos, son ritos de agradecimiento.

Ah.

Y, además, yo he hablado de sentido de la economía, no de avaricia, característica ésta completamente ajena a la familia.

Entiendo.

Estoy seguro de ello, son matices que usted sin duda es capaz de captar.

Gracias.

Habría una tercera regla sobre la que quisiera llamar su atención, si puedo seguir abusando de su disponibilidad.

Abuse usted. Si por mí fuera, estaría escuchándole durante horas.

¿Lee libros?

Sí.

No lo haga.

¿No?

¿Usted ve libros en esta casa?

No, en efecto, ahora que lo menciona, no.

Pues eso es. No hay libros.

¿Por qué?

En la Familia existe una gran confianza en las cosas, en la gente y en sí mismos. No se ve la necesidad de recurrir a paliativos.

No estoy segura de entenderle.

En la vida ya hay de todo, siempre y cuando se mantenga uno a la escucha, y los libros distraen innecesariamente de esa tarea, a la que todos, en esta familia, se atienen con tal dedicación que un hombre absorto en la lectura, en estas habitaciones, no dejaría de aparecer como un desertor.

Sorprendente.

Discutible, podríamos decir incluso. Pero considero oportuno señalárselo, puesto que se trata de una norma tácita que en esta casa se interpreta con mucho rigor. ¿Puedo hacerle una modesta confesión?

Sería un honor.

Me encanta leer, así que tengo un libro escondido, en mi cuarto, y le dedico un poco de tiempo, antes de dormirme. Pero nunca más de uno. En cuanto lo termino, lo destruyo. No pretendo sugerirle que haga lo mismo, sólo quiero que entienda la seriedad de la situación.

Creo que lo he entendido, sí.

Está bien.

¿Había una cuarta regla?

Sí, pero es poco más que una obviedad.

Diga.

Como sabe, el Padre tiene una inexactitud en el corazón.

Claro.

No se espere de él distracciones de un genérico o necesario sosiego. Ni las pretenda, naturalmente.

Naturalmente. ¿Corre de verdad el peligro de morir en cualquier momento, como se dice?

Me temo que sí. Pero debe tener en cuenta que durante las horas del día no corre prácticamente peligro alguno.

Ah, ya.

Bien. Creo que es todo por ahora. No, hay una cosa más.

Modesto titubeó. Se estaba preguntando si era necesario proceder a la alfabetización de la Esposa joven, o si se trataba de un esfuerzo inútil, cuando no incluso algo imprudente. Permaneció un rato en silencio, y luego tosió dos veces seguidas, con una tos más bien seca.

¿Cree usted que podrá memorizar lo que acaba de oír?

¿La tos?

No es tos, es una advertencia. Tenga la bondad de considerarla un sistema respetuoso mío para ponerla en guardia, si fuera necesario, ante posibles errores.

Permítame que la escuche de nuevo...

Modesto reprodujo una réplica exacta del mensaje laríngeo.

Dos toses secas, seguidas, lo entiendo. Ir con cuidado.

Exactamente.

¿Hay muchas otras?

Muchas más de las que estoy dispuesto a revelarle antes de la boda, señorita.

Es justo.

Ahora tengo que marcharme.

Me ha sido de gran utilidad, Modesto.

Era lo que esperaba ser capaz de hacer.

¿Puedo pagar mi deuda de alguna manera?

El anciano levantó la mirada hacia ella. Por un momento, se sintió capaz de formular una de esas peticiones infantiles que sin titubeos le habían asomado a la mente, pero luego se acordó de hasta qué punto las distancias medían la humildad y la grandeza de su oficio, por lo que bajó la mirada y, esbozando una reverencia casi imperceptible, se limitó a decir que sin duda no faltaría ocasión para ello. Se alejó dando unos primeros pasos hacia atrás y luego girando sobre sí mismo como si una ráfaga de viento, y no una elección suya irrespetuosa, hubiera decidido por él, técnica en la que era incomparable maestro.

Pero también había *los días diferentes,* obviamente.

Cada dos jueves, por ejemplo, el Padre se dirigía, de buena mañana, a la ciudad: acompañado a menudo por su cardiólogo de confianza, el doctor Acerbi, concertaba una cita con el banco, pasaba por sus proveedores de confianza –sastre, peluquero, dentista, pero también cigarros, zapatos, sombreros, bastones y, ocasionalmente, confesores–, se enjaretaba en el momento oportuno un almuerzo significativo y, para finalizar, se permitía lo que solía ser definido como un paseo elegante. La elegancia venía dada por el andar adoptado y por el recorrido elegido: nunca descuidado, el primero; escogido por las calles del centro, el segundo. Casi regularmente remataba el día en el burdel, pero, en vista de la inexactitud del corazón, interpretaba el asunto como un procedimiento, digámoslo así, higiénico. Convencido de que algún desahogo de los humores era necesario para el equilibrio de su organismo, había encontrado en la disponibilidad de esa casa a alguien que sabía convocarlo de una forma casi indolora, entendiendo por dolor cualquier excitación que pudiera romper el cristal de su corazón. Pretender de la Madre semejante prudencia habría sido en vano y, por otra parte, los dos dormían en habitaciones separadas ya que, a pesar de amarse profundamente, no se habían elegido, como se verá más adelante, por razones que incumbieran a sus cuerpos. El Padre salía del burdel entrada ya la tarde, para tomar el camino de regreso. Al hacerlo, reflexionaba: y allí tenían su origen, a menudo, sus decisiones feroces.

Todos los meses, aunque en días variables y anunciado cuarenta y ocho horas antes por un telegrama, llegaba Comandini, que era el responsable comercial de la hacienda. Entonces todas las costumbres eran sacrificadas en aras de la urgencia de los negocios, suspendidas las invitaciones, el desayuno limitado a lo esencial, y la vida de la Casa se veía sumida en el torrencial relato de ese hombrecillo de gestos nerviosos que sabía, por sus caminos insondables, lo que le gustaría llevar a la gente el próximo año, o cómo inducir a la gente para que deseara las telas que el Padre había decidido producir el año anterior. Rara vez se equivocaba, podía negociar en siete lenguas, dilapidaba todo en el juego y sentía predilección por las rojas, entendiendo por ello a las mujeres. Años antes había salido ileso de un horrible accidente de tren: desde entonces había dejado de comer carne blanca y de jugar al ajedrez, pero sin dar explicaciones.

En Cuaresma se reducía la espectacularidad de los desayunos, en los días de fiesta vestían de blanco, y en la noche del Santo Patrón, que caía en junio, sorteaban la noche dedicándola a los juegos de azar. El primer sábado del mes se interpretaba música, reuniendo a algunos aficionados de la zona y, en raras ocasiones, a algún cantante de categoría al que luego se recompensaba con americanas de tweed inglés. El último día del verano el Tío organizaba una carrera de bicicletas abierta a todo el mundo, mientras que para Carnaval se contrataba desde hacía años a un mago húngaro que, con la edad, se había convertido en poco más que un cabaretero bonachón. Por la Inmaculada se hacía la matanza bajo la guía de un carnicero famoso por su tartamudez y, en noviembre, en los años en que la niebla se espesaba hasta densidades ofensivas, se organizaba, decisión a menudo repentina y dictada por la exasperación, un baile bastante solemne en el que, con desdén de la oscuridad lechosa del exterior, hacían arder con premura un número de velas sorprendente desde todos los puntos de vista: era como si un sol tremolante y estival, de tarde ya entrada, golpeteara en el salón con parquet, disolviendo pasos de baile que restituían a todo el mundo cierto sur del alma.

Los días normales, en cambio, de hecho, y como queda dicho, ateniéndonos a la realidad de los hechos, y con la voluntad de formularlo de manera sintética, ésos eran todos maravillosamente iguales.

Se derivaba de todo ello una especie de orden dinámico que, en familia, se consideraba impecable.

Mientras tanto, ya estábamos en junio, deslizándonos sobre telegramas ingleses que hacían avanzar con lentitud el regreso del Hijo de una forma casi invisible, pero en definitiva sensata, de tan razonables y precisos como eran. Al final, antes que él acabó llegando el Gran Calor –opresivo, despiadado, puntual cada verano, en esas tierras– y la Esposa joven se lo encontró encima, como a duras penas lo recordaba después de su vida argentina, reconociéndolo al final con definitiva exactitud una noche, en la oscuridad pringosa de humedad, mientras daba vueltas en la cama, por una vez insomne, ella que entraba en el sueño con una beatitud única en esa casa. Daba vueltas y más vueltas, y con un gesto que la sorprendió, se despojó nerviosa del camisón, dejando que cayera libremente y, luego, a continuación, se dio la vuelta sobre un costado, con la piel desnuda sobre las sábanas de lino, para recibir el regalo de una frescura provisional. Lo hice con naturalidad, porque en la habitación la oscuridad era espesa, y la Hija, en su cama, a pocos pasos de distancia, una compañera con quien a esas alturas había establecido ya una intimidad como de hermanas. Hablábamos, por lo general, apagada la luz, el tiempo de un par de ocurrencias, de algún secreto, y luego nos despedíamos para entrar en la noche, y ahora me estaba preguntando por primera vez qué era esa especie de pequeño canto rotundo que desde la cama de la Hija se elevaba todas las noches, apagada la luz y agotados los secretos y las palabras, después de la despedida de costumbre; se elevaba para mecerse en el aire un tiempo largo, cuyo final nunca había oído, deslizándome hacia el sueño, yo sola en esa casa, sin terror. Pero no era un canto –había un atisbo de gemido, como de animal– y en esa noche de verano opresivo me entraron ganas de entenderlo porque el calor me mantenía despierta y mi cuerpo sin ropa me hacía diferente. Así que dejé un rato que el canto se meciera en el aire, para entenderlo mejor, y luego, en la oscuridad, sin preámbulos, pregunté con tranquilidad: ¿Qué es?

El canto dejó de mecerse.

Durante un tiempo sólo hubo silencio.

Luego la Hija dijo: ¿No sabes qué es?

No.

¿En serio?

En serio.

¿Cómo es posible?

La Esposa joven conocía la respuesta, sabía exactamente en qué día había elegido esa ignorancia y podría explicar con detalle por qué la había elegido. Pero dijo simplemente: No lo sé.

Oyó que la Hija se reía un poco, y luego algún ruido minúsculo, y una cerilla al ser rasgada y brillar y acercarse a la mecha; la luz de la lámpara de queroseno pareció fortísima por un momento, pero pronto las cosas adquirieron cautos contornos, precisos, todas las cosas, incluido el cuerpo desnudo de la Esposa joven que no se movió, permaneciendo como estaba, y la Hija lo vio, y sonrió.

Es mi forma de entrar en la noche, dijo. Si no lo hago no puedo dormir, es mi manera.

¿De verdad es tan difícil?, preguntó la Esposa joven.

¿El qué?

Entrar en la noche, para vosotros.

Sí. ¿Te hace gracia?

No, pero es misterioso, no es fácil de entender.

¿Tú sabes toda la historia?

No del todo.

En esta familia no hay ni uno solo que haya muerto de día, eso lo sabes.

Sí. No lo creo, pero lo sé. ¿Tú lo crees?

Conozco la historia de todos los muertos de noche, uno a uno, la conozco desde que era una niña.

A lo mejor no son más que leyendas.

A tres los vi.

Es normal, muchos mueren de noche.

Sí, pero no todos. Aquí, hasta los niños que nacen de noche nacen muertos.

Me asustas.

¿Lo ves?, empiezas a entender, y en ese momento la Hija se quitó el camisón, con un gesto preciso del brazo bueno. Se quitó el camisón y se volvió de costado, como la Esposa joven; desnudas, se miraban. Tenían la misma edad, y era esa edad en la que no existe fealdad, porque todo es luminoso a la luz del exordio.

Se quedaron un rato calladas: tenían que mirarse.

Luego la Hija dijo que tenía quince, dieciséis años, cuando se le ocurrió rebelarse contra el asunto ese de las muertes de noche y pensó seriamente que todos estaban locos, y lo hizo de una manera que ahora recordaba que fue muy violenta. Pero nadie se asustó, dijo. Dejaron que pasara el tiempo. Hasta que un día el Tío me dijo que me echara a su lado. Lo hice y esperé a que se despertara. Con los ojos cerrados me habló largo rato, tal vez en sueños, y me explicó que cada uno es dueño de su vida, pero hay algo que no depende de nosotros, lo recibimos en la herencia de la sangre y no tiene sentido rebelarse porque es una pérdida de tiempo y de energías. Entonces yo le dije que era idiota pensar que el destino podía transmitirse de padres a hijos, dije que la idea misma de destino era una fantasía, una fábula para justificar nuestras propias cobardías. Añadí que yo iba a morir a plena luz del día, aunque fuera a costa de matarme entre un amanecer y un ocaso. Durmió durante mucho tiempo, pero luego abrió los ojos y me dijo que naturalmente no, que no existe el destino, y que no es eso lo que se hereda, faltaría más. Es algo mucho más profundo y animal. Se hereda *el miedo,* dijo. *Un miedo específico*.

La Esposa joven vio que la Hija, mientras hablaba, se

había abierto de piernas ligeramente y luego las había cerrado tras haber ocultado allí una mano, que ahora tenía entre sus muslos, y que de cuando en cuando movía con lentitud.

Así me explicó que se trata de un contagio sutil, y me demostró cómo en cada gesto, en cada palabra, padres y madres no hacen otra cosa que *transmitir un miedo*. Incluso lo hay cuando aparentemente se están enseñando firmezas y soluciones, y en definitiva, *sobre todo* cuando se están enseñando firmezas y soluciones; en realidad están transmitiendo un miedo, porque todo lo que ellos conocen como firme y resolutivo no es más que lo que han encontrado como remedio para el miedo, y a menudo para un miedo específico, circunscrito. Por lo tanto, cuando las familias parecen estar enseñando la felicidad a los niños, están por el contrario infectando a los niños con un miedo. Y eso es lo que hacen a cada hora, a lo largo de un impresionante número de días, sin cejar ni un instante, en la más absoluta impunidad, con una eficacia aterradora y sin que se pueda romper de ninguna manera el círculo de las cosas.

La Hija se abrió de piernas un poco.

Así que tengo miedo a morir por la noche, dijo, y sólo tengo un modo de entrar en el sueño, el mío.

La Esposa joven se quedó en silencio.

Observaba la mano de la Hija, lo que estaba haciendo. Los dedos.

¿Qué es?, preguntó de nuevo.

En vez de responder, la Hija cerró los ojos y se volvió sobre la espalda, buscando una postura que conocía. Mantenía una mano como un caparazón sobre el vientre, y buscaba con los dedos. La Esposa joven se preguntó dónde había visto ya ese gesto y era tan nueva ante lo que estaba descubriendo que al final se acordó, y fue el dedo de su madre que buscaba en una caja de botones uno pequeño de madreperla que había guardado para los puños de la única camisa de su marido. Obviamente, se trataba en ese caso de otra región del ser, pero sin duda el gesto era igual, o al menos lo era hasta que empezó a ser circular de una manera demasiado rápida, o violenta, para tratarse de una forma de buscar, puesto que se había convertido más bien en una manera de cazar; se le pasó por la cabeza la caza de un insecto, o un modo de matar algo pequeño. De hecho, la Hija comenzó de repente a arquear la espalda, de vez en cuando, y a respirar de forma rara, una especie de agonía. Elegante, sin embargo, pensó la Esposa joven, incluso atractiva, pensó: fuera lo que fuera que la Hija estuviese matando en su interior, su cuerpo parecía haber nacido para ese delito, hasta ese punto se disponía justo en el espacio, como una ola, desaparecidas incluso las deformidades de lisiada, desaparecidas en la nada: cuál era el brazo tortuoso uno no podría decirlo; cuál de las piernas abiertas se había malogrado no podría ser recordado.

Detuvo por un momento el crimen, pero sin darse la vuelta, sin abrir los ojos, y dijo: ¿Realmente no sabes lo que es?

No, respondió la Esposa joven.

La Hija se rió, de una manera hermosa.

¿Me estás diciendo la verdad?

Sí.

Entonces la Hija comenzó ese canto rotundo, cercano al lamento, que la Esposa joven sabía pero no sabía, y de nuevo volvió al minúsculo crimen, pero como si hubiera decidido dejar de lado, mientras tanto, una especie de prudencia que hasta entonces había conservado. Ahora movía las caderas y, cuando echó la cabeza hacia atrás, la boca se le abrió un poco, de una manera que me pareció el paso de una frontera y que sonó como una revelación: se me ocurrió pensar, pero como en un destello, que, aunque viniera de muy lejos, el rostro de la Hija había nacido para acabar allí, en esa ola abierta que ahora se revolvía sobre la almohada. Era tan real, y última, que toda la belleza de la Hija –con la que hechizaba el mundo durante el día– me apareció de repente como lo que era, es decir, una máscara, un subterfugio, o poco más que una promesa. Me pregunté si sería así para todo el mundo, y también para mí, pero luego la pregunta que formulé de voz viva –en voz baja– fue otra y de nuevo la misma.

¿Qué es?

La Hija, sin detenerse, abrió los ojos y volvió su mirada hacia la Esposa joven. Pero no parecía que mirara de verdad, tenía ojos que miraban fijamente hacia otra parte, y la boca abierta de una manera suave. Continuó con su canto rotundo, sus dedos no se detenían, no hablaba.

¿Te molesta que te mire?, preguntó la Esposa joven.

La Hija negó con la cabeza. Continuó acariciándose sin hablar. Estaba en algún lugar dentro de sí misma. Pero dado que sus ojos estaban puestos en la Esposa joven, a la Esposa joven le pareció que ya no había ninguna distancia entre ellas, física o inmaterial, de manera que le hizo otra pregunta.

¿Es así como matas tu miedo? ¿Lo buscas y lo matas?

La Hija entonces volvió de nuevo la cabeza, observando por un momento el techo y cerrando luego los ojos.

Es como desprenderse, dijo. De todo. No debes tener miedo, y debes ir hasta el final, dijo. Entonces te has desprendido de todo y un inmenso cansancio te lleva a la noche, regalándote el sueño.

Luego regresó a ese rostro último, de nuevo a sus rasgos, con la cabeza echada hacia atrás y la boca entreabierta. Retomó su canto rotundo, y entre las piernas los dedos adquirieron rapidez, desapareciendo a veces dentro de ella. Parecía que iba perdiendo poco a poco la capacidad de respirar, y en un momento dado se apoderó de ella una prisa que la Esposa joven podría haber confundido con una prisa desesperada si no hubiera acabado de aprehender que era, en cambio, lo que estaba buscando, cada noche, apagada la luz, descendiendo hasta un punto dentro de sí misma que de alguna manera tenía que resistírsele, puesto que la veía ahora esmerándose en desenterrar con la punta de los dedos algo que el manual de vivir había enterrado de una forma evidente en el tiempo de un largo día. Era un descenso, no había ninguna duda al respecto, y parecía volverse a cada paso más escarpado, o peligroso. Entonces empezó a temblar y continuó haciéndolo hasta que el canto rotundo se rompió en pedazos. Se cerró en rizo, entonces, dándose la vuelta de costado, apretando las piernas y encogiendo la cabeza entre los hombros; la vi transformarse en una niña, acurrucada sobre sí misma, las manos escondidas entre las piernas, con la barbilla apoyada en el pecho, la respiración que iba regresando.

Lo que he visto, pensé.

¿Qué debo hacer ahora?, pensé. No moverme, no hacer ruido. Dormir.

Pero la Hija abrió los ojos, buscó los míos y, con una extraña firmeza, dijo algo.

Yo no lo entendí y entonces la Hija repitió lo que había dicho, pero en voz más alta.

Pruébalo.

No me moví. No dije nada.

La Hija me miraba fijamente, con una mansedumbre tan ilimitada que parecía maldad. Extendió la mano y bajó la luz de la lámpara.

Pruébalo, repitió.

Y luego otra vez.

Pruébalo.

Fue en ese momento cuando a la Esposa joven le vino a la cabeza, deslumbrándola, lo que tendría que relatar, un episodio de hacía nueve años, tal y como pude reconstruirlo recientemente, por la noche. Especifico *por la noche,* ya que suele ocurrir que me despierto repentinamente en un momento determinado de la madrugada, antes del amanecer, y con gran lucidez calculo la derrota de mi vida o, por lo menos, su geométrica putrefacción, como de fruta olvidada en un rincón: de hecho, la combato reconstruyendo esta historia, u otras historias, algo que de vez en cuando me aleja de mis cálculos, y otras veces no me lleva a ninguna parte. Mi padre hace lo mismo imaginando que recorre un campo de golf, hoyo tras hoyo. Especifica que es un campo de nueve hoyos. Es un tipo simpático, tiene ochenta y cuatro años. Por mucho que en este momento me parezca increíble, nadie puede decir si aún seguirá con vida cuando haya escrito la última página de este libro: en general, TODOS los que están vivos mientras uno escribe un libro deberían seguir con vida cuando lo termina, y esto por la razón elemental de que escribir un libro es, para quien lo hace, fruto de un instante, por larguísimo que sea, por lo que no sería razonable pensar que alguien puede habitar en su interior vivo y muerto, al mismo tiempo, y mucho menos mi padre, un hombre simpático, que de noche, para disipar sus demonios, juega al golf en su mente, eligiendo los hierros y midiendo la fuerza del golpe, mientras que yo, a diferencia de él, como queda dicho, desentierro esta historia, u otras. Lo que me lleva, ya que no a otra cosa, a saber a ciencia cierta qué se le ocurrió recordar a la Esposa joven, de repente, mientras la Hija la miraba diciéndole una única palabra, *Pruébalo*. Sé que lo que la deslumbró fue un recuerdo que nunca había arrinconado y que, de hecho, había guardado con esmero, durante nueve años, y era exactamente el recuerdo de una mañana de invierno en que su abuela la hizo ir a su habitación, donde, sin ser vieja, estaba intentando morir sin desorden, en una cama suntuosa, perseguida por una enfermedad que nadie había logrado explicar. Por muy absurdo que pueda parecer, sé con exactitud cuáles fueron las primeras palabras que le dijo, las palabras de una mujer moribunda a una niña.

Qué pequeña eres.

Exactamente estas palabras.

Pero no puedo esperar a que te hagas mayor, me estoy muriendo, ésta es la última vez que puedo hablar contigo. Si no entiendes algo, escucha y grábatelo en la cabeza: tarde o temprano lo entenderás. ¿Está claro?

Sí.

Sólo estaban ellas dos en la habitación. La abuela hablaba en voz baja. La Esposa joven la temía y la adoraba. Era la mujer que había dado a luz a su padre, por tanto para ella era indiscutible y solemnemente remota. Cuando le ordenó que se sentara y que aproximara la silla a la cama, pensó que nunca antes había estado tan cerca de ella y se dio cuenta con curiosidad de que podía percibir su olor: no era olor de muerte, sino de puesta de sol.

Abre las orejas, mujercita. Crecí como tú, era la única niña entre muchos hijos varones. Sin contar a los que murieron, eran seis. Más uno: mi padre. Nuestra gente es gente que trabaja con animales, desafía a la tierra todos los días y rara vez se permite el lujo de pensar. Las madres envejecen deprisa, las hijas tienen culos duros y pechos blancos, los inviernos son interminables; los veranos, tórridos. ¿Eres capaz de entender cuál es el problema?

Oscuramente, pero podía entenderlo.

La abuela abrió los ojos y la miró fijamente.

No pienses que te las apañarás escapándote de aquí. Corren más rápido que tú. Y cuando no tienen ganas de correr, esperan a que vuelvas, y luego te muelen a palos.

La abuela cerró los ojos e hizo una mueca, porque había algo en su interior que estaba devorándola y lo hacía a dentelladas, repentinas e impredecibles. Cuando se le pasaba, volvía a respirar y escupía en el suelo un líquido fétido, de colores que sólo la muerte puede inventarse.

¿Sabes cómo lo hice yo?, dijo.

La Esposa joven no lo sabía.

Dejé que me desearan hasta hacerlos enloquecer, luego permití que me poseyeran y los mantuve entonces cogidos de las pelotas durante toda la vida. ¿Te has preguntado alguna vez quién es el jefe de esta familia?

La Esposa joven negó con la cabeza.

Yo, estúpida.

Otra dentellada me cortó la respiración. Escupí aquello, ni siquiera tenía ganas de saber dónde. Tan sólo tenía cuidado de no escupírmelo encima. Terminaba sobre las mantas, ya ni siquiera en el suelo.

Ahora tengo cincuenta y tres años, estoy a punto de palmarla y puedo decirte algo con certeza: no hagas lo mismo que yo. No es un consejo, es una orden. No hagas lo mismo que yo. ¿Entiendes?

¿Por qué?

Lo preguntó con una voz adulta, incluso agresiva. De repente, ya no quedaba nada de niña en ella. Se había cansado, de repente. Aquello me gustó. Me incorporé un poco en la almohada y me di cuenta de que con esa niña podía ser dura, malvada y fantástica como había sido, con gran placer, en cada momento de esa vida que ahora se me estaba escapando a base de punzadas en el vientre.

Porque no funciona, le dije. Todo el mundo se vuelve loco, no hay nada que salga como debería, y tarde o temprano te encuentras con el vientre hinchado.

¿O sea?

Tu hermano se te echa encima, te mete su pajarito y te deja un hijo en el vientre. Cuando no lo hace tu padre. ¿Ahora está claro?

La Esposa joven ni se inmutó. Más claro, sí.

No puedes ni imaginarte lo desagradable que resulta. La mayoría de las veces es algo que te hace enloquecer.

La Esposa joven no dijo nada.

Pero esto ahora no puedes entenderlo. Limítate a grabártelo en la mente. ¿Está claro?

Sí.

Así que no hagas como yo, todo está equivocado. Sé lo que tienes que hacer, abre bien tus oídos: voy a decirte qué tienes que hacer. Te he hecho venir hasta aquí para decirte qué tienes que hacer.

Sacó las manos de debajo de las mantas, las necesitaba para explicarse. Eran manos feas, pero se notaba que si dependiera de ellas aún habrían esperado una buena temporada antes de acabar bajo tierra.

Eso que tienes entre las piernas, olvídalo. No basta con esconderlo. Tienes que olvidarlo. Ni siquiera tú misma necesitas saber que lo tienes. No existe. Olvídate de que eres una mujer, no te vistas como una mujer, no te muevas como una mujer, córtate el pelo, muévete como un chico, no te mires en el espejo, estropéate las manos, quémate la piel, no desees nunca ser hermosa, no intentes agradar a nadie, ni siquiera tienes que agradarte a ti misma. Tienes que dar asco, sólo entonces te dejarán en paz, se olvidarán de ti. ¿Me entiendes?

Asentí con la cabeza.

No bailar, no dormir nunca con ellos, no lavarte, acostúmbrate a oler mal, no mires a los otros hombres, no te hagas amiga de ninguna mujer; escoge los trabajos más duros, mátate de cansancio, no creas en las historias de amor y nunca sueñes con los ojos abiertos.

Yo escuchaba. La abuela me miró bien, para estar segura de que la escuchaba. Luego bajó la voz, y se notaba que estaba llegando entonces a la parte más difícil.

Ten cuidado, no obstante, con una cosa: salvaguarda a esa mujer que eres en los ojos y en la boca, tira todo lo demás, pero conserva los ojos y la boca: un día los necesitarás.

Se quedó un rato pensativa.

Si es necesario, renuncia a los ojos, acostúmbrate a mirar al suelo. Pero la boca sálvala, de lo contrario no sabrás por dónde empezar, cuando lo necesites.

La Esposa joven la miraba con unos ojos que se habían hecho muy grandes.

¿Cuándo voy a necesitarlo?, pregunté.

Cuando encuentres a un hombre que te guste. Ve a por él, y cásate con él, es algo que hay que hacer. Pero tendrás que ir a buscarlo y entonces necesitarás tu boca. Y luego el pelo, las manos, los ojos, la voz, la astucia, la paciencia y la habilidad del vientre. Vas a tener que aprenderlo todo de nuevo: hazlo deprisa, de lo contrario ellos llegarán antes que él. ¿Entiendes lo que quiero decir?

Sí.

Verás como todo vuelve a ti en un minuto. Sólo tienes que ir rápido. ¿Me has escuchado bien?

Sí.

Entonces, repítelo.

La Esposa joven lo hizo, palabra por palabra, y cuando no recordaba la palabra apropiada utilizaba una de las suyas.

Eres una gran mujer, dijo su abuela. Dijo exactamente *mujer*.

Hizo un gesto en el aire, tal vez se trataba de una caricia no dada.

Y ahora vete, dijo.

Le había dado una de esas dentelladas, se le escapó un aullido, de animal. Metió de nuevo las manos debajo de las mantas, para presionar donde la muerte se la estaba comiendo, en el vientre.

La Esposa joven se puso de pie y por unos instantes se quedó quieta, junto a la cama. Quería preguntarle algo, pero no me resultaba fácil encontrar la manera.

Mi padre, le dije. Luego me quedé bloqueada.

La abuela se volvió para observarme, con ojos de animal en peligro.

Pero yo era una niña muy lista, así que no me detuve y dije ¿Mi padre nació de esa manera?

¿De qué manera?

¿Mi padre nació de uno de nuestra familia, de esa manera?

La abuela me miró y lo que pensó puedo entenderlo hoy en día: que nunca se muere realmente, porque sigue la sangre, llevándose consigo para la eternidad todo lo mejor y lo peor de nosotros.

Déjame palmarla en paz, niña, dijo. Ahora déjame palmarla en paz.

Por eso, esa noche tórrida, cuando la Hija, observándome con una delicadeza que también podría ser maldad, me repitió que lo probara y me recordó por tanto lo que tenía entre las piernas, supe de inmediato que no se trataba de un momento cualquiera, sino de esa cita de la que me había hablado mi abuela, mientras escupía muerte a su alrededor: si a la Hija podía parecerle un juego, para mí era en cambio un umbral. Lo había pospuesto sistemáticamente, con una determinación feroz, porque yo también había heredado un miedo, como todo el mundo, y a éste le había dedicado una buena parte de mi vida. Había conseguido lo que me habían enseñado. Pero desde que conociera al Hijo, sabía que ahora faltaba el último gesto, tal vez el más difícil. Había que volver a aprenderlo todo, desde el principio, y ahora que él estaba a punto de regresar tenía que hacerlo rápido. Pensé que la delicada voz de la Hija –la malvada voz de la Hija– era un regalo de la suerte. Y dado que me decía que lo probara, obedecí, lo probé, sabiendo a la perfección que estaba emprendiendo un camino sin retorno.

Como sucede a veces en la vida, se dio cuenta de que sabía cabalmente qué hacer, a pesar de que ignorara qué estaba haciendo. Era un debut y un baile: le pareció haber trabajado en secreto durante años, en horas de ejercicio de las que ahora no guardaba ningún recuerdo. Se desasió de todo sin prisas, esperaba que los gestos apropiados llegaran, ascendían con la andadura de los recuerdos, desasidos pero exactos en todos sus detalles. Le gustó cuando la respiración empieza a sonar en la voz, y los momentos en que apetece detenerse. En la mente no tenía pensamientos, hasta que se le ocurrió que le apetecía mirarse, en caso contrario de todo esto le quedaría sólo una sombra hecha de sensaciones y ella, en cambio, quería una imagen, verdadera. Entonces abrió los ojos, y lo que vio permaneció luego durante años en mi mente como una imagen capaz, en su sencillez, de explicar cosas, o de identificar un principio, o de excitar la fantasía. En especial el primer destello, donde todo era inesperado. No se apartó nunca de mí. Porque se nace muchas veces, y en ese destello nací para una vida que luego iba a ser la mía más verdadera, e irremediable, y violenta. Así, incluso hoy en día, cuando todo ya ha sucedido y es la época de los olvidos, me sería difícil recordar si en efecto la Hija se arrodilló de verdad junto a mi cama en algún momento, y me acarició el pelo y besó las sienes, algo que quizá sólo soñé, aunque todavía recuerdo con absoluta precisión que de verdad me apretó con una mano sobre la boca cuando, al final, no fui capaz de sofocar un grito, y de eso estoy segura, porque aún puedo recordar el sabor de esa mano y el extraño instinto de lamerla, como haría un animal.

Si gritas te van a descubrir, dijo la Hija, levantando la mano de su boca.

¿He gritado?

Sí.

Qué vergüenza.

¿Por qué? Lo único que pasa es que luego te descubren.

Qué cansancio.

Duerme.

¿Y tú?

Duerme, yo dormiré.

Qué vergüenza.

Duerme.

A la mañana siguiente, en la mesa de los desayunos, todo le pareció más fácil y, por razones incomprensibles, todo más lento. Se dio cuenta de que entraba en las conversaciones y salía de las mismas con una facilidad de la que nunca se habría creído capaz. No era una impresión sólo suya. Intuyó un toque de galantería en un pequeño gesto del Inspector de Correos, y se convenció de que los ojos de la Madre la veían *realmente,* incluso con un instante de vacilación, cuando pasaban sobre ella. Buscó con la mirada la copa de nata, a la que aún no se había atrevido nunca a aspirar, e incluso antes de encontrarla vio cómo Modesto se la ofrecía con la glosa de dos inequívocas toses. Ella lo miró, sin comprender. Él, ofreciéndole la nata, hizo un gesto de leve reverencia en el que escondió una frase apenas perceptible, pero clarísima.

Deslumbráis hoy, señorita. Tened precaución.

El Hijo empezó a llegar a mediados de junio y a todo el mundo le pareció claro, al cabo de unos días, que la cosa se tomaría su tiempo. Lo primero que fue entregado fue una pianola danesa, desmontada, y hasta ese momento incluso podría pensarse que un buen trozo demencial se había desgajado de la lógica que el Hijo sin duda alguna le había dado al transporte de sus cosas, haciendo que precediera, con cierto efecto cómico, el grueso del envío. Pero al día siguiente fueron entregados dos carneros galeses de la raza Fordshire junto con un baúl sellado que llevaba la inscripción MATERIAL EXPLOSIVO. Siguieron, con cotidiana cadencia, un tecnígrafo fabricado en Manchester, tres cuadros de naturalezas muertas, la maqueta de un establo escocés, un uniforme de trabajo, un par de ruedas dentadas de difícil destino, doce mantas de viaje de lana ligerísima, una sombrerera vacía y un panel con los horarios de la estación de Waterloo, en Londres. Puesto que la procesión no parecía determinar un final, el Padre se sintió obligado a tranquilizar a la Familia aclarando que todo estaba bajo control y que, como el Hijo había procedido a anunciarle por carta, el regreso de Inglaterra se estaba desarrollando de la forma más adecuada para evitar duplicidades y complicaciones dañinas. Modesto, que había tenido sus dificultades para la ubicación de los dos carneros de la raza Fordshire, se permitió una tos seca, y entonces el Padre tuvo que añadir que deberían hacer frente a un mínimo de malestar. Como quiera que Modesto no parecía haber resuelto sus problemas laríngeos, el Padre concluyó aseverando que le parecía razonable esperar la llegada del Hijo durante el tiempo de las vacaciones.

Las vacaciones, en familia, eran una molesta costumbre que se resolvía en un par de semanas pasadas en las montañas francesas: en general, se interpretaban como una obligación y eran soportadas por todo el mundo con elegante resignación. En esa coyuntura, era tradición dejar la casa completamente vacía, y esto debido a un instinto de orígenes campesinos, que tenía que ver con la rotación de los cultivos: se pensaba que había que dejarla reposar hasta que al regreso pudiera sembrarse, con éxito, la efervescencia de la Familia, seguros de poder contar con la habitual y abundante cosecha. Por eso incluso los sirvientes eran enviados a sus casas, e incluso Modesto era invitado a disfrutar de lo que otros llamarían unas vacaciones y que él interpretaba como una suspensión inmotivada del tiempo. En general, todo esto ocurría a mediados de agosto: había que deducir, por tanto, que la procesión de objetos seguiría prolongándose aún unos cincuenta días. Estábamos a mediados de junio.

No lo entiendo, ¿viene o no viene?, preguntó la Esposa joven a la Hija cuando se quedaron solas, terminado el desayuno.

Está viniendo, viene cada día un poco, acabará de venir dentro de un mesecito, respondió la Hija. Ya sabes cómo es, añadió.

La Esposa joven sabía cómo era, pero no tan bien, o con tanto detalle, o de una manera clara en especial. En realidad, el Hijo le había gustado precisamente porque no era comprensible, a diferencia de todos los demás chicos de su edad, en los que no había nada que comprender. La primera vez que lo vio, le chocó por la elegancia de enfermo con que ejecutaba sus gestos, así como por cierta belleza de moribundo. Estaba perfectamente, por lo que ella sabía, pero alguien que tuviera los días contados se habría movido como él, se habría vestido como él y, especialmente, se habría callado a ultranza como él, para hablar sólo de cuando en cuando, en voz baja y con una intensidad irrazonable. Aparecía como marcado por algo, pero que se trataba de un destino trágico era una deducción un tanto demasiado literaria que la Esposa joven aprendió pronto, e instintivamente, a superar. En realidad, en la maraña de esos rasgos fragilísimos y esos gestos convalecientes, el Hijo escondía una terrible avidez de vida y una rara facilidad de imaginación: virtudes ambas que en esos campos resultaban de una inutilidad espectacular. Todo el mundo lo consideraba inteligentísimo, algo que para la sensibilidad común equivalía a considerarlo anémico, o daltónico: una enfermedad inofensiva y elegante. Pero el Padre, desde la distancia, lo espiaba y sabía; la Madre, desde más cerca, lo protegía e intuía: tenían un hijo especial. Por instinto de animalito, lo comprendió también la Esposa joven, y tenía sólo quince años. Así que empezó a estar cerca de él, gratuitamente, cada vez que se le presentaba la oportunidad, y dado que durante años había hecho de sí misma una especie de niño salvaje, se convirtió para el Hijo en una especie de extraño amigo fiel, más joven, un poco salvaje y tan misterioso como él. Se quedaban en silencio. La Esposa joven, sobre todo, en silencio. Compartían el gusto por las frases suspendidas, la predilección por ciertos recortes de luz y la indiferencia ante cualquier mezquindad. Se hacía extraño verlos: él, con su elegancia; ella, obstinadamente desaliñada, y si había algún rasgo femenino, en algún lugar, en esa pareja, habría sido más fácil detectarlo en él. Comenzaron a hablar, al hablar, diciendo *nosotros*. Se los veía corriendo a lo largo del talud del río, pero perseguidos por algo de lo que no se veía ni rastro en la inmensidad del campo. Se los vio en la cúspide del campanario, supervivientes tras haber copiado las inscripciones grabadas dentro de la campana grande. Se los vio en la fábrica observando los movimientos de los trabajadores sin decir ni una sola palabra, durante horas, pero anotando números en un cuadernito. Acabaron acostumbrándose a ellos, lo que los hizo invisibles. Cuando ocurrió, la Esposa joven se acordó de las palabras de su abuela, y sin pensar demasiado en ello reconoció lo que le había preanunciado, o tal vez incluso prometido. No se lavó, no se recogió el pelo, mantuvo su ropa sucia como siempre, con tierra bajo las uñas y el olor áspero entre los muslos; también los ojos, a los que había renunciado desde hacía tiempo, continuó moviéndolos sin misterio, imitando la astuta estupidez de los animales domésticos. Pero cuando un día el Hijo, después de un silencio que la Esposa joven encontró de una duración perfecta, se volvió hacia ella y le hizo una simple pregunta, ella, en vez de responder, utilizó lo que durante seis años había tenido guardado para él, y lo besó.

No era el primer beso, para el Hijo, pero de alguna manera lo fue. Con anterioridad, y en momentos diferentes, lo habían besado otras dos mujeres: coherentemente con el tipo de chico que era –sin edad–, dos mujeres maduras, amigas de la Madre. Lo habían hecho todo ellas, una en un rincón del jardín, y la otra en un vagón de tren. Más que nada recordaba, de ambas, el engorro del lápiz de labios. No la primera, por delicadeza, pero la segunda, por puro deseo, se había agachado para tocársela y metérsela en la boca largo rato, lentamente, hasta que se corrió. Luego no pasó nada más, no por nada se trataba de dos mujeres cultivadas; pero cuando se daba la circunstancia de que se encontrasen, el Hijo leía en sus ojos una larga prosa secreta que, al final, era la parte de todo aquello que le resultaba más excitante. En cuanto al acoplamiento de verdad, digamos completo, el Padre, hombre de buen carácter y, en caso necesario, feroz, había fijado su llegada en el momento adecuado y en el burdel de la familia, en la ciudad. Dado que allí sabían reconocer con rapidez las predilecciones de cada uno, todo sucedió de una manera que el Hijo encontró cómoda y apropiada. Agradeció la velocidad con la que la primera mujer de su vida comprendió que él iba a hacerlo vestido y con los ojos abiertos, y que ella tendría que obrar en silencio y completamente desnuda. Era alta, hablaba con acento del sur y se abría de piernas con solemnidad. Al despedirse de él le pasó un dedo sobre los labios –que tenía exangües, de enfermo, pero bellísimos, de mártir– y le dijo que tendría éxito con las mujeres, porque nada las excita tanto como el misterio.

De manera que el Hijo tenía un pasado y, sin embargo, el beso virgen de la Esposa joven lo dejó estupefacto: porque la Esposa joven era un chiquillo, porque era un pensamiento impensable, porque era un pensamiento que en realidad siempre había pensado, y porque ahora era un secreto que conocía. Además, besaba de una manera... Así que se quedó turbado, e incluso meses después, cuando la Madre, sentada a su lado, le pidió que le explicara, por caridad, por qué demonios quería comprometerse con una joven que, según había observado, no estaba dotada ni de pecho, ni de culo, ni de tobillos, él hizo uno de sus interminables silencios y luego dijo únicamente: su boca. La Madre había buscado en el índice de sus recuerdos algo que vinculara a esa chica con el término *boca,* pero no encontró nada. De manera que soltó un largo suspiro, prometiéndose de nuevo ser un poco más cuidadosa en el futuro, porque era evidente que algo se le había escapado. Si se prefiere, fue el instante en que nació una curiosidad que, años después, le dictaría un gesto instintivo y memorable, como se verá. En aquella circunstancia, en cambio, se limitó a decir: Por otra parte, ya se sabe que los ríos corren hacia el mar y no al contrario (muchos de sus silogismos eran de verdad inescrutables).

Después de ese primer beso, las cosas se sucedieron en progresión geométrica, primero en secreto; luego, a la luz del día, hasta provocar esa especie de lento matrimonio que es en realidad el argumento de la historia que me encuentro aquí relatando, y a propósito de la que un viejo amigo mío ayer me preguntó, cándidamente, si guardaba relación con las vicisitudes que me están matando en estos meses y que, en definitiva, en el mismo período en el que me encuentro relatando esta historia que, según pensaba este viejo amigo, también podría guardar relación con la historia de lo que me está matando. La respuesta apropiada –no– no era difícil de dar; sin embargo, me quedé en silencio y no contesté nada, y eso porque tendría que explicarle cómo todo lo que escribimos guarda relación con lo que somos, o con lo que fuimos, pero que por lo que a mí respecta nunca he pensado que el oficio de escribir pueda resolverse en transmutar en una forma literaria nuestros propios asuntos, mediante la penosa estratagema de modificar los nombres y, a veces, la secuencia de los acontecimientos, cuando en cambio el sentido más justo de lo que podemos hacer siempre me ha parecido interponer entre nuestra vida y lo que escribimos una distancia magnífica que, forjada por la imaginación, primero, y colmada luego por el oficio y por la dedicación, nos lleva hacia otro lugar donde aparecen mundos que no existían con anterioridad, donde todo lo que hay que es íntimamente nuestro, inconfesablemente nuestro, así vuelve a existir, pero ya ignoto para nosotros, y tocado por la gracia de formas delicadísimas, como fósiles o mariposas. A buen seguro ese viejo amigo tendría dificultades para entenderlo y éste es el motivo por el que permanecí en silencio y no le respondí nada, pero ahora me doy cuenta de que habría sido de mayor utilidad echarme a reír mientras le preguntaba, y me preguntaba: ¿qué diablos tendrá que ver la historia de una familia que desayuna hasta las tres de la tarde, o de un tío que duerme todo el tiempo, con la repentina derrota que está borrándome de la faz de la tierra (o al menos ésa es la sensación que percibo)? Nada, pero es que absolutamente nada. Si no lo hice, de todas maneras, no fue sólo porque en estos días me cuesta mucho reír, sino también porque sé, a ciencia cierta, que de una forma sutil le habría dicho una falsedad. Porque los fósiles y las mariposas están allí, y empiezas a descubrirlos a medida que escribes: a veces ni siquiera hace falta esperar años, releyendo en frío; a veces los intuyes mientras la fragua está caliente y estás doblegando el hierro. Por ejemplo, habría debido referirle a mi viejo amigo que, al escribir sobre la Esposa joven, suele ocurrirme que cambio más o menos abruptamente la voz del narrador, por razones que de entrada me parecen exquisitamente técnicas y, a lo sumo, mansamente estéticas, con el resultado evidente de complicarle la vida al lector, cosa que de por sí resulta insignificante, pero también con un molesto efecto de virtuosismo contra el que, en un primer momento, intenté luchar, para rendirme luego a la evidencia de que, simplemente, yo no podía escuchar esas frases si no lo hacía sirviéndolas de esa manera, como si el sólido apoyo de una voz narrativa clara y diferente fuera algo en lo que ya no creyera, o que para mí se hubiera convertido en algo imposible de valorar. Una ficción para la que había perdido la inocencia necesaria. Al final, me habría tocado admitir ante mi viejo amigo que, si bien sin intuir siquiera los detalles del asunto, puedo llegar a pensar que existe una asonancia entre los ocasionales saltos de la voz narrativa en mis frases y lo que me ha tocado descubrir en estos meses, acerca de mí y de los demás, es decir, el asomarse posible a la vida de acontecimientos que no tienen una dirección, que por tanto no son historias, por tanto no es posible relatarlos y, en definitiva, son enigmas sin forma destinados a hacernos saltar el cerebro, como mi caso está demostrando. En modo casi involuntario reverbero su absurdo desconcertante en ese gesto artesano que llevo a cabo para ganarme la vida, se me ocurre decirle ahora a mi viejo amigo, aunque de forma tardía, rogándole que entienda que sí, que estoy escribiendo un libro que probablemente guarde relación con lo que me está matando, pero que, por favor, lo considere un asentimiento arriesgado y muy privado, que resulta completamente inútil recordar, porque al final la sólida realidad de los hechos, que llega a sorprenderme incluso a mí, lo juro, es que, al final, a pesar de todo lo que está pasando a mi alrededor, y dentro de mí, a lo que ahora me parece más necesario prestar atención es a afinar el relato de cuando, en la geométrica fluencia de su pasión, el Hijo y la Esposa joven cayeron en la variación inesperada de esa migración a la Argentina, nacida de la imaginación calenturienta de un padre inquieto, o loco. El Hijo, en su fuero interno, no se sintió particularmente molesto, porque había heredado de la Familia una idea del tiempo más bien evanescente, a la luz de la cual tres años no eran en esencia diferenciables de tres días: se trataba de una forma provisional de su eternidad provisional. La Esposa joven, en cambio, se quedó aterrorizada. Había heredado de su familia un miedo específico, y en ese momento se dio cuenta de que si hasta entonces los preceptos de la abuela la habían defendido y salvado, todo iba a ser más difícil en esa tierra extranjera, alejada y secreta. Su condición de prometida la dejaba en una situación aparentemente segura, pero también hacía aflorar lo que durante años había logrado enterrar, esto es, la evidente verdad de que era una mujer. Recibió con consternación la decisión paterna de llevársela consigo de inmediato, por lo obviamente inútil que era, hasta allá; y llegó a preguntarse si en esa decisión repentina de su padre no se ocultaba una intención oblicua. Se marchó a Argentina con el equipaje ligero y un peso en el corazón.

Como se ha podido ver, fuera lo que fuera que hubiera ocurrido allí más tarde –y sin duda ocurrió, como se verá–, la Esposa joven regresó puntual, bastante limpia, el pelo recogido como es debido, la piel cándida y el paso suave. Desde lejos, había regresado para recuperar lo que era suyo, y por lo que ella sabía, nada iba a impedirle presentarse puntual, con el corazón intacto, para recoger la satisfacción de lo que le había sido prometido.

Según la opinión de todo el mundo, eso iba a suceder antes de las vacaciones.

Modesto.

¿Sí?

La historia esa de los libros.

¿Sí?

¿Podemos hablar del tema un minuto?

Si lo desea... Pero no aquí.

Estaban en la cocina y Modesto tenía una idea un poquito rígida de la utilidad de cada espacio en esa casa. En la cocina se cocinaba.

Si quiere usted acompañarme, estaba a punto de ir al jardín a recolectar unas plantas aromáticas, dijo.

El jardín, por ejemplo, era un lugar apropiado para hablar.

El día era luminoso, no mostraba ningún rastro de la gruesa neblina que en aquella estación, por lo general, importunaba ojos y estados de ánimo. Se quedaron de pie junto al seto de plantas aromáticas, a la sombra mesurada de una lila.

Me preguntaba si no se podría obtener una dispensa, dijo la Esposa joven.

¿Es decir?

Me gustaría obtener permiso para leer. Tener libros. No estar obligada a leerlos en el baño.

¿Los lee en el baño?

¿Puede sugerirme otros lugares?

Modesto se quedó unos instantes en silencio.

¿Es algo tan importante para usted?

Lo es. Crecí en una familia de campesinos.

Nobilísima profesión.

Tal vez, pero ésa no es la cuestión.

¿No?

Fui al colegio un tiempo con las monjas, y luego nada más. ¿Sabe usted por qué no soy una completa ignorante?

Porque ha leído libros.

Exactamente. Los descubrí en Argentina. No había nada más que hacer. Me los pasaba un médico, me los traía una vez al mes, cuando pasaba por donde vivíamos, tal vez era una manera suya de cortejarme. Entendía poco, estaban en español, pero aun así los devoraba. Los títulos los elegía él, a mí todo me parecía bien. Era lo más bonito que hacía allí.

Puedo entenderla.

Ahora lo echo de menos.

De todas formas, en el baño es capaz de leer algo.

El único libro que me traje conmigo. Dentro de poco podré recitarlo de memoria.

¿Puedo permitirme la libertad de preguntarle de qué se trata?

Don Quijote.

Oh, ése.

¿Lo conoce?

Un poquito lento, ¿no le parece?

Discontinuo, digamos.

No me atrevía a tanto.

Pero una lengua hermosísima, créame.

La creo.

Canta.

Me lo imagino.

¿Sería verdaderamente imposible encontrar alguna otra cosa en esta casa? ¿Y obtener permiso para leerla?

¿Ahora?

Sí, ahora, ¿por qué no?

Usted se va a casar dentro de pronto. Cuando esté en su casa podrá hacer lo que quiera.

Se habrá dado cuenta de que las cosas van para largo.

Sí, es una impresión que yo también tengo.

Modesto se quedó pensando unos instantes. Naturalmente, podía encargarse él del asunto, personalmente, sabía dónde encontrar los libros y no sería difícil, ni desagradable, hacerle llegar alguno a la Esposa joven: pero estaba claro que eso representaría una infracción para la que no estaba seguro de estar preparado. Después de una larga vacilación, se aclaró la voz. La Esposa joven no podía saberlo, pero era el prefijo laríngeo con el que introducía las comunicaciones a las que atribuía un grado particular de reserva.

Hable del tema con la Madre, dijo.

¿Con la Madre?

El Padre es muy rígido en este aspecto. Pero la Madre, en secreto, lee. Poesía.

La Esposa joven pensó en esos silogismos inescrutables y empezó a comprender de dónde venían.

¿Y cuándo lo hace?

Por la tarde, en su habitación.

Pensé que recibía visitas.

No siempre.

La Madre lee. Increíble.

Naturalmente, señorita, yo nunca le he dicho nada y usted no sabe nada.

Claro.

Pero si yo fuera usted iría a ver a la Madre. Atrévase a pedirle una entrevista.

¿Llamar a su puerta, sin tantas alharacas, le parece algo inviable?

Modesto se puso rígido.

¿Perdón?

Vaya, quería decir que será suficiente con ir a llamar a su puerta, me imagino.

Modesto estaba inclinado sobre el huerto. Se enderezó.

Señorita, es usted consciente de sobre quién estamos hablando, ¿verdad?

Claro. De la Madre.

Pero lo hizo con el mismo tono con que podría haber dicho «en el sótano» a alguien que le hubiera preguntado dónde estaban las sillas rotas para llevarse y de este modo Modesto se dio cuenta de que la Esposa joven no sabía, o al menos no lo sabía todo, y lo lamentó profundamente, ya que en ese momento se percataba de haber errado en la ambición con la que se despertaba cada mañana –ser perfecto– al concederle el privilegio de la confianza a esa muchacha sin haber delimitado el perímetro de su ignorancia. Se turbó por ello, y durante un largo rato terminó siendo rehén de una incertidumbre que no formaba parte ni de sus deberes ni de sus costumbres. A la Esposa joven le pareció incluso, por un momento, que Modesto vacilaba –tan sólo un balanceo en el espacio– y de hecho *vacilar* es exactamente lo que nos sucede cuando percibimos a traición la brecha abismal que se produce sin nuestro conocimiento entre nuestras intenciones y la evidencia de los hechos, experiencia que me ha tocado sentir repetidas veces, en estos últimos tiempos, como consecuencia natural de mis elecciones y de las ajenas. Como intento explicar a veces a quienes osan escucharme, la sensación que experimento yo, no especialmente original, es la de no estar en ninguna parte, pero hasta tal punto que ni siquiera Dios, si por un capricho, en ese momento, decidiera echar un vistazo a lo creado, podría descubrir mi presencia: hasta ese extremo soy provisionalmente inexistente. Hay fármacos, es obvio, para semejantes circunstancias, aunque de todas formas cada uno tiene sus sistemas para entretenerse durante estas muertes intermitentes y, por ejemplo, yo tiendo a poner en orden los objetos; de manera ocasional, los pensamientos; rara vez, a las personas. Modesto se limitó a habitar ese vacío durante un puñado de segundos –muchísimos, tratándose de él– y uno de los privilegios de mi oficio es conocer al detalle lo que se le pasó por la cabeza, es decir, la cantidad sorprendente de cosas que la Esposa joven, evidentemente, no conocía. Y lo que la Esposa joven no conocía era, evidentemente, a la Madre. La leyenda de la Madre.

Que era hermosa ya debo de haberlo dicho, pero ahora es el momento de especificar que su belleza era, de acuerdo con la percepción común, y en ese mundo circunscrito, algo mitológico. Sus orígenes se hundían en los años de adolescencia vividos en la ciudad, por lo que en el campo se conocían tan sólo ecos lejanos, narraciones legendarias, detalles de origen insondable. Sin embargo, se sabía que la Madre había asumido su belleza muy pronto y había hecho un uso de la misma, durante cierto tiempo, espectacular. Se había casado con el Padre más tarde, a la edad de veinticinco años, cuando ya habían pasado muchas cosas, y de nada, en cualquier caso, se había arrepentido. Resulta inútil ocultar que el matrimonio no tenía ningún sentido aparente, siendo el Padre un hombre físicamente insignificante y sexualmente unido a precauciones previsibles, aunque todo resultará más claro por la tarde, o más probablemente por la noche, cuando sienta que tengo en los dedos la aspereza adecuada para decir exactamente cómo fueron las cosas y, por tanto, ahora no, no en este día soleado en el que más bien me siento capaz de la suavidad necesaria para resumir lo que Modesto conocía y la Esposa joven no; es decir, por ejemplo, cómo estaba conformado el rastro de locura que la Madre había dejado tras de sí, en su mero paso por la vida de la ciudad, experimentando sobre las debilidades ajenas la fuerza de su propio encanto. Dos se mataron, como es de sobra conocido, uno ingiriendo una dosis de veneno incluso excesiva; el otro, desapareciendo en los remolinos del río. Pero también un sacerdote, de cierta notoriedad, óptimo predicador, se había desvanecido tras los muros de un convento, y un cardiólogo de renombre había encontrado refugio en las salas de un manicomio. Innumerables fueron los matrimonios en los que esposas que no estaban nada mal convivían con hombres cuya certeza era que habían nacido para amar a otra, es decir, a la Madre. Por otro lado, se conocía de manera análoga por lo menos a tres niñas, todas ellas de excelentes familias, todas ellas convenientemente casadas, que habían estado tan cerca de ella, en los años de inmadurez, que habían desarrollado una perpetua repulsión respecto al cuerpo masculino y sus necesidades sexuales. Lo que había ofrecido a cada una de estas víctimas, para llevarlas hasta tales extremos, es noticia de la que no se tienen más que vagos contornos, pero sobre dos hechos irrefutables se puede estar seguro. El primero y, aparentemente, el más previsible: el Padre se casó con una chica que no era virgen. El segundo, que hay que tomar al pie de la letra: a la Madre, en la época que era joven, no le era necesario conceder algo para que alguien enloqueciera: resultaba suficiente el mero hecho de estar allí. Si esto puede parecer poco creíble, me veo obligado a ejemplificarlo eligiendo un detalle, tal vez el más significativo, seguramente el más conocido. Todo en ella era hermoso, pero si hablamos del escote, o incluso de lo que mantenía luego la promesa hecha por el escote –estamos hablando de los senos–, entonces nos vemos obligados a elevarnos a un nivel que es difícil definir, a menos que se quiera recurrir a términos como *hechizo*. Baretti, en su *Índice,* al que es inevitable referirse si queremos darle a todo este asunto un perfil objetivo, se atreve incluso a utilizar la expresión *brujería,* pero éste siempre ha sido un pasaje muy discutido de su, por lo demás, encomiable trabajo: no por otra cosa, pero es que el término *brujería* sugiere una intención maligna que de ninguna manera restituye la felicidad cristalina, conocida por todo el mundo, que la mirada incluso más fugaz al pecho de la Madre lograba procurarles a quienes habían tenido la osadía de atreverse, o el privilegio de poder atreverse. A la larga, el propio Baretti estuvo de acuerdo al respecto. En las más tardías declamaciones de su *Índice,* cuando ya era un anciano, aunque dignísimo, la referencia a la *brujería* tendía a desaparecer, dicen los testigos. Utilizo el término *declamación* porque, como tal vez no sea universalmente conocido, el *Índice* de Baretti no era un libro, o un documento escrito, sino una especie de liturgia oral oficiada por él que, además, se llevaba a cabo en raras ocasiones, y nunca era anunciada. Tenía una frecuencia media bienal, generalmente acaecía en verano, y sólo una cosa era firme: daba inicio con precisión a medianoche. Pero de qué día, eso nadie lo sabía. No pocas veces sucedió que, por la imprevisibilidad del asunto, Baretti se había exhibido en presencia de escasos testigos, cuando no incluso un par de testigos, y un año –que más tarde se manifestó como de sequía– delante de nadie. Ese asunto parecía no importarle, y esto debe hacer que nos percatemos de hasta qué punto la disciplina del *Índice* era para él una necesidad personal, una urgencia que le incumbía íntimamente, y que sólo de manera accidental podría incumbir a los demás. Era, por otra parte, un hombre de elegante modestia, como resultaba lógicamente deducible de su trabajo: era un sastre de provincias.

Todo había empezado cuando –tal vez para mostrar alguna benevolencia, tal vez forzada por una repentina urgencia– la Madre se dirigió a él, un día, para recoger un vestido de noche al que, en la ciudad, no le habían dedicado evidentemente los cuidados necesarios. Por lo que resultaban imprecisos los límites del escote.

Baretti tenía, por aquel entonces, treinta y ocho años. Estaba casado. Tenía dos hijos. Le habría gustado tener un tercero. Ese día, sin embargo, se hizo viejo y, al mismo tiempo, niño y, definitivamente, un artista.

Como tendría oportunidad de relatar innumerables veces, la Madre le señaló, en las primeras aproximaciones, que si se obstinaba en mirar hacia otro lado, no iba a resultar fácil hacerle entender qué era lo que pretendía de él.

Perdóneme, pero no creo que tenga la necesaria imprudencia para serle de utilidad, se escudó él, manteniendo siempre los ojos apartados del escote.

No diga tonterías, usted es sastre, ¿verdad?

Por regla general, me dedico a la moda masculina.

Mal hecho. Sus negocios se verán afectados.

Así es.

Dedíquese a las mujeres, eso le traerá indudables ventajas.

¿Usted cree?
No tengo ninguna duda.
La creo.
Pues entonces míreme, por Dios santo.
Baretti la miró.
¿Ve usted aquí?

Aquí era donde el tejido acompañaba la curvatura del busto, concediéndole algo a la mirada y sugiriéndole muchísimo a la imaginación. Baretti era sastre, por tanto la desnudez no le resultaba indispensable y sabía leer los cuerpos por debajo de la tela: ya fueran los huesudos hombros de un viejo notario o la seda de los músculos de un joven sacerdote. Por eso, cuando se volvió para estudiar el problema, lo que supo en un instante fue cómo se curvaba el pecho de la Madre, cómo los pezones lo giraban desde la nada hacia el exterior mientras lo reclamaban hacia arriba, y que la piel era blanca, manchada de pecas que apenas se anunciaban sólo en la zona descubierta, pero que sin duda descendían donde a la mayoría les sería imposible verlas. Sintió en la palma de sus manos lo que habían podido sentir los amantes de esa mujer, intuyó que habían conocido la perfección y, por supuesto, la desesperación. Se los imaginó presionar, en la ceguera de la pasión, y acariciar, cuando ya todo estaba perdido: pero no encontró en todo el reino natural un fruto que pudiera recordar ni de lejos la mezcla de plenitud y de calor que debían de haber encontrado en el fondo de sus gestos. Así que dijo una frase de la que nunca se habría creído capaz.

¿Por qué va tan poco escotada?
¿Perdone?

Por qué se viste tan poco escotada, es una lástima. Una verdadera lástima.

¿Realmente quiere saberlo?

Sí, dijo Baretti, contra todas sus convicciones.

Estoy cansada de accidentes.

¿Accidentes de qué tipo?

Accidentes. Si quiere le pongo ejemplos.

Me encantaría. Si no le molesta, mientras intentaré intervenir sobre estos pliegues, que me parecen totalmente inapropiados.

Fue así como nació el *Índice* de Baretti, primero construido con los ejemplos que la Madre le fue ofreciendo, con generosidad, y luego complementado con abundantísimos testimonios, recogidos a lo largo de los años, y sistematizados en una única narración litúrgica que algunos definían como *Saga,* otros, como *Catálogo,* y Baretti, con un toque de megalomanía, como *Poema épico*. El argumento estaba constituido por los curiosos efectos que, con los años, el haber tocado, entrevisto, rozado, intuido o besado el pecho de la Madre había producido en quienes se habían embarcado, imprudentemente, en cualquiera de esas cinco operaciones mencionadas: los que la Madre definía, en una rara exhibición de síntesis para ella, como *accidentes.* La habilidad de Baretti fue memorizarlo todo, sin incertidumbres; su genio, el de remitir la multiforme e interminable casuística en cuestión a un esquema formulario de indudable eficacia y de cierto valor poético. La primera sección era fija:

No hay que olvidar que

Entre el *olvidar* y el *que,* a menudo aparecía, por razones musicales, un adverbio.

No hay que olvidar, asimismo, que

No hay que olvidar, tampoco, que

No hay que olvidar, evidentemente, que

A continuación, venía una breve localización en el tiempo o en el espacio *la víspera de Pascua*

en la entrada del Círculo de Oficiales

que introducía la mención del protagonista, la mayoría de las veces protegido bajo una expresión mínimamente genérica

un suboficial de ingenieros

un extranjero llegado con el tren de las 18.42

aunque a veces fuera mencionado literalmente

el notario Gaslini

A remolque venía la enunciación del hecho, que Baretti afirmaba que siempre había sido verificado de una forma rigurosa

bailó el cuarto vals de la velada con la Madre, estrechándola dos veces lo suficiente como para sentir sus pechos contra la casaca azul.

tuvo una relación con la Madre que duró tres días y tres noches, aparentemente sin interrupciones.

Llegados a este punto, Baretti hacía una pausa variable, a veces apenas perceptible, según una técnica teatral de la que, con el tiempo, se convirtió en un maestro. Quien haya asistido a una de sus declamaciones del *Índice* sabe que, durante esa pausa, en el auditorio se hacía un silencio muy peculiar en el que resulta dudoso que a alguien se le pasara por la cabeza respirar. Era como un ritmo animal y Baretti lo gestionaba maravillosamente. En esa apnea general, dejaba rodar entonces la segunda parte de la narración, la decisiva, la que daba cuenta de las curiosas consecuencias que seguían al hecho mencionado, lo que la Madre llamaba *accidentes*. Era ésta la sección menos rígida: la métrica hallaba cada vez acentos diferentes y la relación se desarrollaba con cierta libertad, dejando espacio a la invención, a la fantasía y, a menudo, a la improvisación. Algo de verdad siempre había, según Baretti, pero todo el mundo está de acuerdo en decir que los contornos de las circunstancias sufrían de cierta condescendencia hacia lo maravilloso. Era, precisamente, lo que todo el mundo se esperaba, una especie de recompensa conclusiva y liberadora.

En resumen, que el esquema formulario desarrollado por Baretti contemplaba dos secciones, la primera de las cuales (inspiración) estaba constituida por cuatro subsecciones, mientras que la segunda fluía con más libertad, aunque respetando siempre cierta armonía global (exhalación). Hay que recordar que este esquema se repetía decenas de veces y –con el paso de los años, debido a la sucesiva acumulación de ejemplos– llegó a repetirse cientos de veces. Se puede deducir fácilmente, por tanto, el efecto hipnótico, o al menos adormecedor, de tan singular declamación. Yo mismo puedo confirmar que asistir a la misma era una experiencia única, raras veces aburrida, siempre placentera. He oído en el teatro cosas mucho más inútiles, quiero decir. Y en tales casos hasta había pagado una entrada. No hay que olvidar, asimismo, que en abril de 1907 el hermano de un famoso exportador de vinos, debido a un repentino aguacero, se vio atravesando la plaza dando cobijo bajo su paraguas a la Madre, quien, con naturalidad, se aferró a su brazo, presionando con aparente intencionalidad el pecho derecho contra él. (Pausa.) Se sabe que el hermano del famoso exportador de vinos dedujo de ello promesas que luego, al no ser mantenidas, lo llevaron a trasladarse al Sur, donde en la actualidad convive con un actor dialectal. No hay que olvidar, por otro lado, que, durante el baile de la puesta de largo de 1898, la Madre se quitó la capa y bailó ella sola, en medio de la sala, como presa de una repentina infancia, sin prestar atención al hecho de que un tirante del vestido se le había caído. (Pausa.) Pudo haber sido cosa de la edad, pero sin duda fue allí cuando el diputado Astengo sufrió un infarto fulminante, por lo que murió mientras andaba formulándose en su mente la duda sobre si se habría equivocado en determinadas prioridades de la vida. No hay que olvidar tampoco que Matteo Pani, estimado pintor, obtuvo de la Madre ser retratada en un desnudo que ella quiso, debido a una forma de pudor tardío, de medio busto. (Pausa.) El retrato fue adquirido más tarde por un banquero suizo que pasó los últimos once años de su vida escribiendo todos los días a la Madre, sin obtener nunca respuesta, pidiéndole que durmiera una sola noche con él. Ni hay que olvidar, evidentemente, que en la playa de Marina di Massa, donde la Madre pasó por error las vacaciones de 1904, se hospedaba en el Hotel Hermitage, donde a un joven camarero le tocó en suerte socorrerla y sostenerla entre sus brazos durante un desmayo sin duda provocado por el calor, y en una ocasión en la que la Madre llevaba un simple albornoz sobre su piel desnuda. (Pausa.) El camarero descubrió en dichas circunstancias la existencia de horizontes lejanos, abandonó a su familia y abrió un salón de baile donde todavía hoy puede verse, en la entrada, sin lógica aparente, un albornoz del hotel. Asimismo, no puede olvidarse que el tercer hijo de la familia Aliberti, enfermo de los nervios, durante una fiesta privada le pidió a la Madre, entonces jovencísima, que se desnudara para él, a cambio de la totalidad de su herencia. (Pausa.) La Madre, como es bien sabido, se quitó la blusa, mostró el pecho y luego se dejó tocar; luego, rechazó la herencia y se conformó con la satisfacción de dejar allí, mientras se vestía de nuevo, al tercer hijo de la familia Aliberti tendido en el suelo e inconsciente.

¿Suele hacer usted gestos repetitivos?, me ha preguntado el Doctor (terminé yendo a un médico, mis amigos insistían, lo hice más que nada como muestra de amabilidad hacia ellos). No en la vida, he contestado. Me sucede cuando escribo, le he aclarado. Me gusta escribir listas de cosas, índices, catálogos, he añadido. Esto le ha parecido interesante. Sostiene que si le dejara leer lo que estoy escribiendo el asunto podría revelarse de gran utilidad.

Naturalmente, es una eventualidad que descarto.

De vez en cuando se calla, y yo también, sentados uno frente al otro. Largo rato. Supongo que le atribuye a este hecho cierto poder terapéutico. Se imaginará que, en ese silencio, recorro algún camino por dentro de mí. En realidad, pienso en mi libro. Me he dado cuenta de que me gusta, más que en el pasado, dejar que se escape lejos de la senda trillada, que ruede por imprevistos declives. Naturalmente, no lo pierdo de vista, pero mientras en ciertas ocasiones, trabajando en otras historias, me he visto prohibiéndome cualquier evasión de esta índole, con el fin de construir relojes perfectos de los que tanto más me congratulaba cuanto más conseguía acercarlos a una absoluta pulcritud, ahora me gusta dejar que lo que escribo vaya a la deriva en la corriente, en un aparente efecto de escora que el Doctor, sin duda alguna, en su sabia ignorancia, no dudaría en conectar con el derrumbe incontrolado de mi vida personal, según una deducción que me sería dolorosísimo escuchar, en su inmensa idiotez. Nunca sería capaz de explicarle que se trata de una cuestión exquisitamente técnica o, como mucho, estética, muy clara para quien ejerce, de manera consciente, mi oficio. Se trata de dominar un movimiento afín al de las mareas: conociéndolas bien se puede dejar que el barco vare felizmente, e ir descalzo por las playas para recoger moluscos o animalitos de otro modo invisibles. Basta con no dejarse sorprender por el regreso de la marea, volver a bordo y dejar sencillamente que el mar se haga de nuevo con la quilla, dulcemente, llevándola de nuevo a zarpar. Con la misma suavidad, yo, tras haber titubeado antes de recoger todos los textos de Baretti y otros moluscos semejantes, siento volver, por ejemplo, a un anciano y una niña, y veo que se convierten en un anciano de pie, rígido tras un seto de hierbas aromáticas, y una Esposa joven delante de él, mientras intenta comprender qué hay de malo en llamar a la puerta de la Madre, simplemente. Siento con nitidez cómo el agua se hace de nuevo con la quilla de mi libro y veo zarpar otra vez todas las cosas en la voz del anciano que dice

No creo, señorita, que usted disponga de toda las informaciones necesarias para juzgar la forma más adecuada de acercarse a la Madre.

¿Usted cree?

Lo creo.

Entonces seguiré su consejo. Voy a pedirle una entrevista, y lo haré durante el almuerzo. ¿Mejor así?

Mejor, dijo Modesto. Y si se fía de mí, agregó, no escatime la cautela, tratándose de ella.

Mantendré una actitud de absoluto respeto, se lo prometo.

El respeto lo daría por descontado, si me lo permite: lo que le sugiero es cierta cautela.

¿En qué sentido?

Es una mujer notable en todos los sentidos posibles.

Lo sé.

Modesto bajó la mirada y lo que dijo lo dijo a media voz, con una imprevista entonación melancólica.

No, no lo sabe.

Luego volvió a inclinarse sobre el seto de plantas aromáticas.

¿No le parece que la menta tiene una manera de asomarse extremadamente elegante?, preguntó con repentina alegría, y esto significaba que la conversación había terminado.

Así, al día siguiente, la Esposa joven se acercó a la Madre, durante el almuerzo, y le preguntó con cierta discreción si no le importaría recibirla por la tarde en su saloncito y charlar un ratito con ella, en privado.

Por supuesto, cariño, dijo. Ven cuando quieras. A las siete en punto, por ejemplo.

Luego añadió algo acerca de las mermeladas inglesas.

Luego llegaron en orden, desde la Isla, con cadencia cotidiana, un escritorio de nogal, trece volúmenes de una enciclopedia en alemán, veintisiete metros de algodón egipcio, un libro de recetas sin ilustraciones, dos máquinas de escribir (una pequeña, otra grande), un volumen de grabados japoneses, otras dos ruedas dentadas completamente idénticas a las entregadas días antes, ocho toneladas de forraje, el escudo de armas de una familia eslava, tres cajas de whisky escocés, una herramienta bastante misteriosa que luego resultó ser un palo de golf, las credenciales de un banco londinense, un perro de caza y una alfombra hindú. Era, en cierta manera, un latido del tiempo, y la Familia se acostumbró hasta el punto de que si, por execrables disfunciones en el servicio de transportistas, pudiera ocurrir que pasara un día completo sin una entrega, todo el mundo sufría de una imperceptible desorientación, casi como si hubiera faltado el tañido de la torre del campanario al mediodía. Gradualmente entró a formar parte de sus hábitos llamar a los días con el nombre del objeto, por regla general absurdo, que llegó ese día. El primero en intuir la utilidad de semejante método fue, ni que decir tiene, el Tío, cuando alguien preguntó durante un desayuno especialmente placentero desde cuándo no caía una gota de lluvia en ese maldito campo y él, constatando desde su sueño que nadie era capaz de articular una respuesta plausible, se dio la vuelta en el sofá y con la autoridad que lo caracterizaba dijo que el último aguacero, por otro lado decepcionante, había caído el día de los Dos Carneros. Luego se volvió a dormir.

Así que ahora podemos decir que fue el día de la Alfombra Hindú cuando, sin ser precedido por el telegrama de costumbre y, a continuación, proyectando cierto desconcierto sobre la alegre comunidad reunida alrededor de la mesa de los desayunos, apareció de la nada Comandini, con aspecto de tener algo urgente que comunicar.

¿Qué sucede, ganó en el juego, Comandini?, preguntó de buen carácter el Padre.

Ojalá.

Y fueron a encerrarse en el estudio.

Y allí pude verlos infinidad de veces, durante esas noches a las que he tenido ocasión de aludir, colocándolos como piezas de un tablero de ajedrez, y jugando con ellos todas las partidas posibles, precisamente para desviar mis pensamientos insomnes, que de otro modo me llevarían a colocar en un tablero de ajedrez parecido fragmentos de mi vida actual, algo que prefiero evitar. De ellos, sentados allí en su propia butaca, roja la del Padre, negra la de Comandini, acabé conociendo todos los detalles, debido a esas noches insomnes; aunque tendría que decir *mañanas* insomnes, a pesar de que esto no defina verdaderamente esa indecisión fatal que la aurora inflige a quienes no son capaces de dormir, como un retraso ruinoso y sádico. Conozco, por tanto, cada palabra dicha y cada gesto realizado en ese encuentro, aunque, por otra parte, nunca pretendería anotarlos todos aquí porque, como es de sobra conocido, mi oficio consiste exactamente en ver todos los detalles y elegir unos pocos, como hace quien dibuja un mapa, de lo contrario sería más bien fotografiar el mundo, cosa que tal vez sería útil, pero que no tiene nada que ver con el acto de narrar. Que, en cambio, consiste en elegir. De manera que lanzo lejos de mí y de buen grado todas las cosas que sé para salvar por el contrario el movimiento con el que Comandini se colocó mejor en su butaca, cambiando el peso de una nalga a la otra e, inclinándose apenas hacia delante, dijo algo que temía decir, y que de hecho no dijo en su forma habitual, es decir, con torrencial y brillante locuacidad, sino con la respiración corta de unas poquísimas palabras.

Dijo que el Hijo había desaparecido.

¿En qué sentido?, preguntó el Padre. Lo hizo sin eliminar aún la sonrisa que las cuatro palabras fútiles con las que se habían calentado les habían dejado en la cara.

No somos capaces de saber dónde se encuentra, aclaró Comandini.

Es imposible, decidió el Padre, perdida la sonrisa.

Comandini se quedó quieto.

No es lo que le pedí, dijo entonces el Padre, y Comandini sabía con exactitud el significado de esas palabras porque se acordaba perfectamente de cuando, tres años atrás, sentado en esa misma butaca, como un peón en F2, pudo oír al Padre impartiéndole algunas corteses órdenes cuya sustancia era: intentemos, con cierta discreción, no perder de vista al Hijo durante esta estancia suya inglesa y, en lo posible, ofrecerle de modo invisible las ocasiones apropiadas para que dedujera por sí mismo la inutilidad de un matrimonio tan carente de perspectivas y, en el fondo, de razones bien fundadas y, en definitiva, de sentido común. Agregó que un vínculo con una familia inglesa, sobre todo si no era ajena al sector textil, sería deseable. En tales circunstancias, Comandini no se planteó discutir, pero intentó adivinar hasta qué punto podría empeñarse en desviar los destinos del Hijo. Tenía en la mente diferentes grados de violencia en ese gesto que tendría que cambiar una vida, o más bien dos. El Padre entonces negó con la cabeza, como para alejar de sí una tentación. Oh, nada más que un determinado acompañamiento de las cosas, aclaró. Encontraría bastante elegante procurarle a la Esposa joven una mínima *chance,* le explicó. Y ésas fueron las últimas palabras que pronunció sobre el tema. Del que, a continuación y durante tres años, se había casi desinteresado.

Aquí, sin embargo, las cosas seguían llegando, objetó, pensando en los carneros y en todo lo demás.

Tiene una serie de agentes, explicó Comandini, diseminados por toda Inglaterra. He intentado investigar, pero ellos también saben poco al respecto. Tienen órdenes de envío, eso es todo. Al Hijo nunca lo han visto, no saben quién es. Pagó por anticipado y dio indicaciones muy precisas, casi demenciales.

Sí, es propio de él.

Pero no es propio de él desaparecer así.

El Padre se quedó en silencio. Era un hombre que, aunque sólo fuera por razones médicas, no podía permitirse el lujo de propender a la ansiedad: además, creía firmemente en una tendencia objetiva de las cosas a ordenarse por sí mismas. Sin embargo, en ese momento, sintió un desplazamiento del alma que raramente había conocido, algo así como el ensanchamiento de una llanura, en algún lugar, dentro del espeso bosque de su tranquilidad. Se levantó entonces de la butaca, y por unos instantes se quedó de pie esperando a que las cosas se recolocaran dentro de él por alguna razón mecánica, como solía ocurrirle en el caso de determinadas molestias que lo afligían especialmente después del almuerzo. Obtuvo tan sólo una controlable urgencia de tirarse pedos. Mientras, no desapareció esa sensación que ahora era capaz de enfocar algo mejor y que podría resumir con la absurda idea de que el Hijo no estaba desapareciendo de Inglaterra, sino de algún lugar dentro de él, donde antes se encontraba la solidez de una permanencia y ahora el vacío de un silencio. No le parecía ilógico, porque a pesar de que el mandato de los tiempos preveía para los padres un vago papel, distante y medido, no había sido así para él, con ese Hijo al que había querido contra toda lógica y que, por razones de las que conocía todos los matices, *era el origen de su única ambición.* Así le pareció razonable constatar hasta qué punto con la desaparición de ese chico estaba desapareciendo un poco él también: podía percibirla como una pequeña hemorragia y misteriosamente sabía que si no la atendía se prolongaría sin tregua.

¿Cuándo lo vieron por última vez?, preguntó.

Hace ocho días. Fue en Newport, estaba comprando un cúter.

¿Qué es?

Un pequeño barco de vela.

Imagino que un día de éstos lo veremos descargar delante de la puerta.

Es posible.

A Modesto no va a entusiasmarle.

Sin embargo, cabría otra posibilidad, se aventuró Comandini.

¿Y cuál sería?

Podría haberlo utilizado para hacerse a la mar.

¿Él?

¿Y por qué no? Si asumimos cierta voluntad suya de desaparecer...

Odia el mar.

Sí, pero...

¿Cierta voluntad suya de desaparecer?

El deseo de ser ilocalizable.

¿Y por qué iba a hacerlo?

Lo ignoro.

¿Cómo dice?

Lo ignoro.

El Padre sintió que se abría una grieta, en algún lugar, dentro de él; otra más. Le golpeó a traición que Comandini *ignorara* algo, porque a ese hombre en el fondo modesto, pero maravillosamente pragmático, le debía la convicción de que a cualquier pregunta le correspondía una respuesta, tal vez inexacta, pero real, y suficiente para perder cualquier posibilidad de peligroso desconcierto. De manera que levantó la mirada hacia Comandini, asombrado. Le vio en el rostro una expresión que no conocía y luego oyó un crujido en su corazón de cristal, percibió un olor dulzón que reconoció y supo con certeza que en ese momento había empezado a morir.

Encuéntrelo, dijo.

Lo estoy intentando, señor. Sin embargo, también es posible que acabemos viéndolo entrar por la puerta tan pancho, un día de éstos, casado a lo mejor con una inglesa de piel lechosa y espléndidas piernas, ¿sabe?, el Creador las ha dotado de unas piernas increíbles, porque en cuestión de tetas no fue capaz de imaginar algo decente.

Estaba de vuelta el Comandini de siempre. El Padre se lo agradeció.

Hágame un favor, no utilice nunca más esa palabra, dijo.

¿Tetas?

No. *Desaparecer*. No me gusta. No existe.

Suelo utilizarla con frecuencia referida a mis ahorros.

Sí, lo entiendo, pero aplicada a los seres humanos me desorienta: los seres humanos no desaparecen: como mucho, mueren.

Éste no es el caso de su hijo, estoy seguro de ello.

Está bien.

Estoy dispuesto a prometérselo, dijo Comandini con una sombra de duda.

El Padre sonrió con infinita gratitud. Luego fue presa de una curiosidad inexplicable.

Comandini, ¿usted ha llegado a hacerse una idea sobre por qué siempre pierde en el juego?, preguntó.

Tengo algunas hipótesis.

¿Por ejemplo?

La más conmovedora me la sugirió un turco al que en Marrakech vi perder una isla.

¿Una isla?

Una isla griega, creo, era de su familia desde hacía siglos.

¿Me está diciendo que se puede apostar *una isla* en una mesa de póquer?

Se trataba de blackjack, en ese caso. Pero, de todas formas, sí. Se puede apostar hasta una isla, si se dispone del coraje y de la poesía necesaria. Él los tenía. Volvimos juntos al hotel, era casi de día, yo también había perdido bastante, pero quién lo diría, caminábamos como príncipes y, sin necesidad de decírnoslo, nos sentíamos hermosos, y eternos. *La inaudita elegancia de un hombre que ha perdido,* dijo el turco.

El Padre sonrió.

¿Así que usted pierde por una cuestión de elegancia?, preguntó.

Ya se lo he dicho, es sólo una hipótesis.

¿Hay otras?

Muchas. ¿Quiere la más plausible?

Me encantaría oírla.

Pierdo porque juego mal.

Esta vez, el Padre se rió.

Entonces decidió que iba a morir sin prisas, con cuidado y no en vano.

A las siete en punto la Madre estaba esperándola, en efecto, con la actividad que era habitual a esa hora, lo que significa perfeccionando su esplendor: no afrontaba la noche si no era en una *beauté* absoluta; no le permitiría nunca a la muerte sorprenderla en un estado que pudiera decepcionar a los primeros a quienes les tocara descubrirla preparada para los gusanos.

Así que la Esposa joven la encontró sentada delante del espejo, viéndola como nunca la había visto, con sólo una ligerísima túnica, el pelo suelto sobre los hombros y cayéndole hasta las caderas; una chica jovencísima, casi una niña, se lo cepillaba: el gesto se desarrollaba con una velocidad siempre igual, cada vez irradiaba un reflejo castaño dorado.

La Madre se volvió un poco, lo suficiente para regalarle una mirada.

Ah, aquí estás, dijo, así que era hoy, me había entrado la duda de que hoy era ayer, me sucede bastante a menudo, eso por no hablar de cuando estoy segura de que es mañana. Siéntate, cariño, ¿querías hablar conmigo? Ah, ella, la niña: se llama Dolores, quiero hacer constar el hecho de que es sordomuda de nacimiento; me la recomendaron las Hermanas del Buen Consejo, a las que Dios tenga en su gloria, ahora comprenderás por qué siento hacia ellas una devoción que a veces podrá parecerte exagerada.

Debió de entrarle la duda de que el razonamiento pudiera resultar no del todo comprensible. Concedió una rápida explicación.

Bueno, nunca hay que dejarse peinar por alguien que tenga la posibilidad de hablar, esto es obvio. ¿Por qué no te sientas?

La Esposa joven no se sentaba porque no se había imaginado nada semejante y por el momento no tenía muchas más ideas, salvo la de salir de la habitación y empezar todo desde el principio otra vez. Llevaba su libro bajo el brazo: le había parecido una manera de ir directamente al corazón del problema. Pero la Madre ni siquiera parecía haberlo visto. Era extraño, porque en esa casa un ser humano con un libro en la mano llamaría tanto la atención por lo menos como una anciana que se presentara al rosario de la tarde empuñando una ballesta. En la mente de la Esposa joven los planes eran entrar en esa habitación con *El Quijote* bien a la vista y, en el lapso de tiempo que la presumible sorpresa de la Madre le concediera, pronunciar la siguiente frase: *No puede hacerle daño a nadie, es hermosísimo, y yo no quisiera quedarme en esta casa sin decirle a alguien que lo leo todos los días. ¿Puedo decírselo a usted?*

No era un mal plan.

Pero ahora la Madre era como una aparición, y a la Esposa joven le pareció que había algo mucho más urgente que resolver en esa habitación.

De manera que se sentó. Dejó *El Quijote* en el suelo y se sentó.

La Madre giró su silla para mirarla mejor, Dolores se movió con ella para encontrar la posición en que continuar con su paciente gesto. No sólo era sordomuda, también se hallaba cerca de la invisibilidad. La Madre parecía tener con ella la misma relación que podría haber tenido con un chal que se hubiera echado sobre los hombros.

Sí, dijo, no eres feúcha, algo ha sucedido; hace años no se te podía mirar, francamente, ya me explicarás qué es lo que tenías en la cabeza o qué pretendías obtener estropeándote de esa manera, en algo que sin duda alguna es una forma de descortesía inmotivada respecto al mundo, una descortesía que hay que evitar, créeme: es tan inútil, un derroche..., aunque no hay riqueza sin derroche, al parecer; por lo tanto, no vale la pena que... De todas maneras, lo que quiero decirte es que no eres feúcha, no lo eres en absoluto; me imagino que ahora se trataría de llegar a ser bella, de algún modo, lo habrás pensado, supongo, no querrás pasarte la vida en este estado, un caldito para enfermos, Dios mío..., tienes dieciocho años, ¿verdad?, sí, tienes dieciocho años; bueno, francamente a esa edad no se puede ser *realmente* hermosa, de todas formas, por lo que resulta casi obligado al menos ser *escandalosamente deseable,* sobre esto no debería haber ninguna duda, y me pregunto ahora si eres escandalosamente adorable, aunque tal vez haya dicho deseable, sí, probablemente he dicho *deseable,* es más exacto, me pregunto ahora si..., levántate un momento, cariño, hazme el favor, eso es, gracias, siéntate otra vez; está claro: la respuesta es no, no eres escandalosamente deseable, lamento decirlo, hay tantas cosas que desagradan, además, te habrás fijado ya en cómo muchas cosas desagradan sólo con que..., pero no debe de ser diferente la tierra vista desde la luna, ¿no crees?, yo sí lo creo, me siento inclinada a creerlo, y también por eso no creo que haya razón para..., *desesperarse* es tal vez un poco demasiado fuerte..., para *ponerse melancólica,* eso es: sin duda no hay razón para ponerse melancólica, no me gustaría nada verte melancólica, no sirve de nada, al final se trata tan sólo de una decisión: mira, tendrías que rendirte a esa idea y dejar de ofrecer resistencia, creo que deberías *decidir ser hermosa,* eso es todo, a ser posible sin demorarte demasiado, el Hijo está viniendo, yo en tu lugar me daría prisa, ése es capaz de llegar en cualquier momento, no podrá continuar enviando eternamente carneros y ruedas dentadas..., eso me recuerda que a lo mejor habías venido a preguntarme algo, o te confundo con otra persona, hay tanta gente que quiere cosas, el número de personas que quieren algo de ti es extrañamente..., ¿habías venido a preguntarme algo, cariño?

Sí.

¿Y qué era?

Cómo se hace.

¿Cómo se hace qué?

Ser hermosa.

Ah.

Le tendió un peine a Dolores, de la misma manera que podría haberse colocado mejor el chal que se le había resbalado de un hombro. La niña lo cogió y continuó su trabajo con él. Probablemente tenía una milimétrica distribución de los dientes que en esa fase particular de la operación debía de ser de probada necesidad. Tal vez incluso tenía su importancia hasta el material con que estaba hecho. Hueso.

Por regla general, se trata de una cuestión que requiere unos años, dijo la Madre.

Parece que tengo cierta prisa, dijo la Esposa joven.

Indudablemente.

Puedo aprender deprisa.

No sé. Tal vez. ¿Te gusta llevar recogido el pelo?, dijo la Madre. Recogido en la nuca.

La Esposa joven lo hizo.

¿Qué es eso?, le preguntó la Madre.

Me he recogido el pelo.

Precisamente.

Era lo que tenía que hacer.

Una no se recoge el pelo en la nuca para recogerse el estúpido pelo en la estúpida nuca.

¿No?

Inténtalo de nuevo.

La Esposa joven lo intentó de nuevo.

Cariño, ¿me miras? Mírame. Veamos, el único propósito con que se tira del pelo, recogiéndolo en la nuca, es cortarle la respiración a todos los que en ese momento estén por ahí, recordándoles, a través de la mera fuerza de ese acto, que cualquier cosa que estén haciendo en este momento es terriblemente inadecuada ya que, como habrán recordado en el momento exacto en que te han visto mientras te recogías el pelo en la nuca, sólo existe una cosa que realmente quieren hacer en esta vida: follar.

¿En serio?

Seguro, no desean otra cosa.

No, quiero decir, realmente se recoge el pelo para...

Oh, Dios, también puedes hacerlo como si te ataras los zapatos, muchas lo hacen, pero estábamos hablando de otra cosa, me parece, ¿verdad? De cómo ser hermosa.

Sí.

Eso es.

La Esposa joven entonces se soltó el pelo, se quedó un rato en silencio, luego volvió a sujetárselo con la mano y lentamente lo levantó hasta llevarlo a la nuca y recogerlo en un nudo flojo, cerrando el gesto al colocarse tras las orejas los dos mechones que, a ambos lados de su cara, se habían escapado a esa operación. Luego se puso las manos en el regazo.

En fin...

¿He olvidado algo?

Tienes una, me refiero a una espalda. Úsala.

¿Cuándo?

Siempre. Empieza desde el principio.

La Esposa joven inclinó ligeramente la cabeza hacia delante y se llevó las manos a la nuca para soltarse el pelo que acababa de arreglarse en la nuca.

Alto ahí. ¿Te pica la nuca, por casualidad?

No.

Extraño, una baja la cabeza para rascarse.

¿Y qué?

La cabeza inclinada un poco hacia atrás, gracias. Así, muy bien. Ahora la agitas dos o tres veces con garbo, mientras llevas las manos a desatar el nudo y esto te llevará inevitablemente a arquear la espalda en lo que a cualquier varón presente le sonará como una especie de anuncio, o de promesa. Quieta un momento. ¿Sientes la espalda?

Sí.

Ahora lleva las manos a la frente y recoge todo el pelo, con cuidado, más cuidado del que sería necesario, luego echa la cabeza bien hacia atrás y, mientras dejas pasar las manos sobre la cabeza, vas a ceñir el pelo a la altura de la nuca, para hacer que caiga bien. Cuanto más abajo lo ciñas, más se arqueará la espalda y asumirás de ese modo la posición correcta.

¿Así?

Continúa.

Me duele.

Tonterías. Cuanto más atrás van los brazos, más se empuja el busto hacia delante y más se arquea la espalda. Eso es, así, los ojos en alto, quieta. ¿Puedes verte?

Con los ojos en alto...

Quiero decir si puedes sentirte, ¿sientes en qué posición estás?

Sí. Eso creo.

No es una posición cualquiera.

Es incómoda.

Es la posición en la que una mujer goza, de acuerdo con la imaginación más bien mesurada de los hombres.

Ah.

A partir de ahí todo es más fácil. No escatimes en rotaciones del cuello, y recógete ese pelo, anudándolo como prefieras. Es como si se te hubiera abierto la bata y ahora la cerraras de nuevo, simplemente. Una bata sin nada debajo, quiero decir.

La Esposa joven se cerró de nuevo la bata con cierto garbo.

No te olvides de dejar siempre que un poco de pelo escape a la operación: arreglárselo al final con algún gesto vagamente impreciso da un toque infantil que tranquiliza. A los hombres, no al pelo. Eso es, así, así te queda bien, lo admito.

Gracias.

Ahora desde el principio.

¿Desde el principio?

Se trataría de hacerlo no como si tuvieras que levantar una alacena de la cocina, sino como si se tratara de lo que haces más a gusto en el mundo. No puede funcionar verdaderamente si la primera en excitarse no eres tú.

¿Yo?

Sabes de qué estamos hablando, ¿verdad?

Creo que sí.

Excitarse. Supongo que es algo que te habrá pasado.

No mientras me arreglaba el pelo.

Es exactamente el error que estamos tratando de corregir.

Así es.

¿Lista?

No estoy segura.

Tal vez pueda ayudarte un pequeño repaso.

¿En qué sentido?

La Madre hizo un gesto imperceptible y Dolores detuvo el peine y dio dos pasos hacia atrás. Si antes estaba próxima a la invisibilidad, en ese instante pareció desaparecer. Entonces, la Madre lanzó un pequeño suspiro, luego sencillamente se recogió el pelo y fue arreglándoselo en la nuca, lentamente, en un tiempo que a la Esposa joven le pareció un instante dilatado hasta lo inverosímil. Tuvo la impresión irracional de que la Madre se había desnudado para ella, y que lo había hecho en una duración misteriosa, suficiente para provocar el deseo, pero también tan comedida como para impedir cualquier recuerdo. Era como haberla visto desnuda para siempre y no haberla visto nunca.

Naturalmente, añadió la Madre, el efecto es más devastador si al realizar la operación una tiene la precaución de hablar de asuntos triviales, como el curado del salami, la muerte de algún familiar o el estado de las carreteras en el campo. No hay que dar la impresión de que estamos esmerándonos, ¿lo entiendes?

Sí.

Bueno, te toca a ti.

No creo que...

Tonterías, hazlo y ya está.

Un momento...

Hazlo. Piensa que tienes dieciocho años. Antes de empezar ya has ganado. Te desean por lo menos desde hace tres años. Se trata de recordárselo, simplemente.

De acuerdo.

La Esposa joven pensó que tenía dieciocho años, que ya había ganado antes de empezar, que la deseaban por lo menos desde hacía tres años y que ya no recordaba ni siquiera la trama del *Quijote*. Pasó un instante dilatado de forma incomprensible y al final ella estaba allí, con el pelo recogido en la nuca, la barbilla ligeramente levantada y una mirada que no recordaba haber tenido nunca.

La Madre se quedó en silencio un rato, mirándola.

Estaba pensando en el Hijo, en ese largo silencio, y en sus palabras: *su boca*.

Inclinó la cabeza mínimamente, para mirar mejor.

La Esposa joven permanecía inmóvil.

La boca estaba entreabierta.

¿Te ha gustado?, preguntó la Madre.

Sí.

Ahora se trata de entender *cuánto* te ha gustado.

¿Hay alguna manera de saberlo?

Sí. Si te ha gustado *realmente,* ahora tienes muchas ganas de hacer el amor.

La Esposa joven intentó encontrar una respuesta en algún lugar, dentro de ella.

¿Y bien?, le preguntó la Madre.

Creo que sí.

¿Creo?

Tengo muchas ganas de hacer el amor, sí.

La Madre sonrió. Luego hizo un pequeño gesto con los hombros, los encogió mínimamente.

Debía de haber esbozado algún gesto invisible, en un momento invisible, porque ya no había ni rastro de Dolores en la habitación: alguna puerta igualmente invisible se la había tragado.

Entonces ven aquí, dijo la Madre.

La Esposa joven se acercó y se quedó de pie delante de ella. La Madre le metió una mano por debajo de la falda, apartó apenas las braguitas y le abrió su sexo, lentamente, con un dedo.

Sí, dijo, tienes ganas.

Luego retiró la mano y posó el dedo en los labios de la Esposa joven, pensando de nuevo en lo que había dicho el Hijo, mucho tiempo atrás. Deslizó el dedo sobre los labios de la Esposa joven y luego lo metió dentro hasta tocar su lengua.

Es tu sabor, aprende a reconocerlo, dijo.

La Esposa joven lo lamió un poco.

No. Pruébalo.

La Esposa joven lo hizo, y la Madre empezó a entender lo que había querido decir su Hijo en aquella ocasión. Retrajo el dedo, como si se hubiera quemado.

Ahora hazlo tú, dijo.

La Esposa joven no estaba segura de haber comprendido. Se metió una mano debajo de la falda.

No, dijo la Madre.

Entonces la Esposa joven comprendió y tuvo que inclinarse un poco para meter la mano bajo el ropaje de la Madre, que llegaba hasta el suelo. La Madre abrió apenas los muslos, ella fue subiendo a lo largo de la piel y se encontró el sexo sin toparse con nada más. Se lo encontró entre sus dedos. Los movió un poco, luego sacó la mano de allí. La miró. Los dedos brillaban. La Madre hizo un gesto y ella obedeció, deslizándose los dedos entre los labios, chupándolos lentamente.

La Madre la dejó hacer, antes de decir:

Déjame probar a mí también.

Se inclinó un poco, no cerró los ojos y fue a besar esa boca porque tenía ganas y porque no perdería nunca ni una sola oportunidad para entender el misterio de su tan amado Hijo. Con su lengua fue a recuperar dos cosas que eran suyas, y que procedían ambas de su vientre.

Se apartó un momento.

Sí, dijo.

Entonces volvió a abrir los labios de la Esposa joven con su lengua.

Ahora, a muchos años de distancia, ahora que la Madre ya ni siquiera está aquí, aún sigo sorprendiéndome de la lucidez con que lo hacía todo. Quiero decir que era fantástica, durante el día, en su continuo delirio, perdida de sí misma, vagabunda en sus palabras, inescrutable en sus silogismos. Pero me doy cuenta, en la imprecisa nitidez de los recuerdos, hasta qué punto ya desde el primer momento en que nos acercamos, aunque fuera tan sólo para *hablar* de la belleza, todo había cambiado en ella y en la dirección de un dominio absoluto, que empezaba precisamente por las palabras, para luego desbordarse en los actos. Cuando se lo dije, en un momento determinado de la noche, ella dejó de acariciarme por un momento y me susurró *El albatros de Baudelaire, léelo, dado que lees,* y sólo mucho tiempo después, cuando efectivamente lo leí, me di cuenta de que ella era un animal solemne cuando volaba en su cuerpo y en el de los demás, pero un torpe volátil en cualquier otro momento, y éste era su encanto. Recuerdo que me sonrojé cuando me dijo esa frase, porque sentí que nos había descubierto, a mi *Quijote* y a mí, y por eso me sonrojé, en la oscuridad casi total de la habitación, e incluso hoy en día esto me parece tan absurdo, sonrojarme por un libro mientras una mujer mayor que yo, a la que apenas conocía, me estaba lamiendo la piel, y me dejaba hacer esto, sin sonrojarme, sin la más mínima vergüenza. Me quitó toda la vergüenza, eso es. Durante todo el rato estuvo hablándome mientras guiaba mis manos y movía las suyas, me habló lentamente, con el ritmo que le permitía usar su boca en mí o usarla para hablar conmigo, un ritmo que más tarde he buscado en todos los hombres que he tenido, pero sin volver a encontrarlo. Me explicó que a menudo el amor no tenía nada que ver con todo aquello, o por lo menos ella no estaba al corriente de que muy a menudo tuviera que ver. Era más bien algo animal, que tenía que ver con la salvación de los cuerpos. Me dijo que bastaba con evitar darle un sentido demasiado sentimental a lo que estás haciendo, entonces cada detalle se convierte en un secreto que arrancar; y cada rincón del cuerpo, en una llamada irresistible. Recuerdo que durante todo ese tiempo no dejó de hablarme del cuerpo de los hombres y de su forma primitiva de desear, para que me quedara bien claro que por muy adorable que me resultara ese mezclarse de nuestros cuerpos simétricos, lo que quería regalarme era sólo una ficción que me ayudara en el momento adecuado para no perderme nada de cuanto el cuerpo de un hombre podía ofrecerme. Me enseñó que no había que tener miedo de los olores ni de los sabores, son la sal de la tierra, y me explicó que los rostros cambian en el sexo, cambian los rasgos, y sería una lástima no entender esto, porque con un hombre dentro de ti, moviéndote encima de él, puedes leer en su cara toda su vida, desde el niño hasta el viejo moribundo, y ése es un libro que en ese momento no puede cerrar. De ella aprendí a empezar lamiendo, contra toda etiqueta amorosa, porque es un gesto servil y noble, de servidumbre y de posesión, vergonzoso y valiente. Y no quiero decir con esto que tienes que lamerle el sexo de inmediato, aconsejaba, es la piel lo que tienes que lamer, las manos, los párpados, la garganta; no pienses que es una humillación, debes hacerlo como una reina, un animal reina. Me explicó que no hay que tener miedo de hablar, haciendo el amor, porque la voz que tenemos mientras amamos es lo más secreto que hay en nosotros, y las palabras de las que somos capaces, la única desnudez total, escandalosa, final, de que disponemos. Me dijo que no fingiera, nunca, es simplemente agotador; añadió que se puede hacer todo, y todavía mucho más de lo que creemos que queremos hacer, y que de todos modos existe la vulgaridad, y mata el placer, y me encareció vivamente que la mantuviera lejos de mí. De vez en cuando, me dijo, los hombres, mientras lo hacen, cierran los ojos y sonríen: ama a esos hombres, dijo. De vez en cuando abren sus brazos por completo y se rinden:

ama también a ésos. No ames a los que lloran mientras están follando, aléjate de los que la primera vez se desnudan a sí mismos; desnudarlos tú es un placer que te pertenece. Hablaba y ni por un momento se quedaba quieta, algo en su cuerpo estaba buscando siempre, ya que, me explicó, hacer el amor es un intento sin fin de buscar una posición en la que confundirse el uno en la otra, una posición que no existe, aunque existe la búsqueda, y saber hacerlo es un arte. Con los dientes, con las manos, a veces me hacía daño, pellizcando o mordiendo o poniendo en sus gestos una fuerza casi malvada, hasta que quiso decirme que no sabía por qué, pero que eso también tenía que ver con el placer, así que no había que tener miedo de morder o pellizcar o usar la fuerza, aunque el secreto fuera ser capaz de hacerlo con legible transparencia, para que sepa que sabes lo que haces, y que lo haces por él. Me enseñó que sólo los idiotas tienen sexo para correrse. ¿Sabes qué significa correrse, verdad?, me preguntó. Le hablé de la Hija, no sé por qué: se lo conté todo. Ella sonrió. Hemos pasado a los secretos, dijo. Me contó entonces que durante años había hecho enloquecer a los hombres porque se negaba a correrse mientras hacía el amor con ellos. En un momento determinado, se apartaba, se acurrucaba en una esquina de la cama y se corría sola, acariciándose. Se volvían locos, dijo. A algunos, recuerdo, les pedía que hicieran lo mismo, ellos también. Cuando sentía una especie de cansancio final, me separaba de ellos y les decía Acaríciate. Hazlo. Es bonito ver cómo se corren, delante de ti, sin tocarlos siquiera. Una vez, una sola, me dijo, estaba con un hombre que me gustaba tanto que al final, sin necesidad de decírnoslo, nos separamos y mirándonos, de lejos, no mucho, un poco lejos, nos acariciamos, cada uno a sí mismo, pero mirándonos, hasta corrernos. Pero luego se quedó largo rato callada, cogiendo mi cabeza entre sus manos y llevándola lentamente hasta donde quería sentir mi boca, en la garganta, luego más abajo, y donde a ella le gustara. Pero es una de las pocas cosas que recuerdo con claridad, en secuencia, porque el resto de la noche me parece ahora, que estoy dejando que regrese a la memoria, un lago sin principio ni fin, donde cada reflejo sigue allí brillando todavía, pero donde las orillas se han perdido y la brisa es ilegible. Sé, de todas formas, que antes de ese lago no tenía manos, ni había respirado jamás de esa manera, junto a otra persona, o perdido mi cuerpo en una piel que no era la mía. Puedo recordar cuando me puso una mano sobre los ojos y me pidió que me abriera de piernas, y muchas veces he vuelto a ver, en los momentos más extraños, el gesto con el que de vez en cuando metía la mano entre su sexo y mi boca, para detener algo que desconozco: a mi boca le correspondía la palma; el dorso, a su sexo. Le debo a esa noche toda la inocencia que he gastado luego en muchos gestos de amor, para salir limpia; y le debo a esa mujer la certeza de que el sexo infeliz es el único derroche que nos hace peores. Era lenta en el obrar, niña y solemne; magnífica cuando se reía en el placer, y deseable en cada uno de sus deseos. No tengo en mi memoria cansada las últimas palabras que me dijo, mas las añoro. Recuerdo que me quedé dormida en su pelo.

Muchas horas más tarde se oyeron las puertas de la habitación al abrirse y la voz de Modesto que escandía: *Buenos días, calor opresivo y humedad molesta*. Tenía, en semejantes circunstancias, una mirada de ciego donde se inscribía su capacidad superior para verlo todo y no recordar nada.

Fíjate tú, dijo la Madre, esta noche también la hemos superado, contaba con ello, otro día regalado, no dejemos que se nos escape, y de hecho se había bajado ya de la cama y sin ni una mirada al espejo salía para los desayunos, anunciando en voz alta, aunque no sé a quién, que debía de haber comenzado la cosecha, dado que desde hacía unos días se despertaba con una sed inmotivada y molesta (muchos de sus silogismos eran de hecho inescrutables). Yo, en cambio, me quedé en la cama, yo, que no tenía miedo a la noche; y muy lentamente fui saliendo de debajo de las sábanas, porque por primera vez me parecía moverme con un cuerpo dotado de caderas, de piernas, de dedos, de olores, de labios y de piel. Repasé mentalmente la lista que la abuela había elaborado para mí y llegué a la conclusión de que si quería ser exigente carecía aún de astucia y de habilidad con el vientre, fuera lo que fuera que significara tal cosa. Ya encontraría la forma de aprender eso también. Me di una mirada en el espejo. En lo que pude ver, supe, por primera vez con absoluta certeza, que el Hijo regresaría. Ahora sé que no me equivocaba, pero también que la vida puede tener formas muy elaboradas de darte la razón.

Bajar al salón de los desayunos me resultó extraño porque ninguna otra mañana había bajado *con un cuerpo* y ahora me parecía tan incauto, o absurdo, llevarlo a la mesa directamente desde la noche, tal y como era, mantenido a raya apenas por un camisón del que sólo ahora medía la aparición de los muslos, o el abrirse por delante, al agacharme; cosas que nunca había tenido razones para tomar en consideración. El olor en los dedos, el sabor en la boca. Pero era así, así lo hacíamos, estábamos todos locos, con una locura feliz.

Llegó la Hija, sonreía, casi corría, arrastrando la pierna, aunque no le importaba; la Hija vino directamente hacia mí, me había olvidado de ella, de mi cama vacía, ella sola en la habitación, ni de lejos se me había ocurrido pensar en ella. Me abrazó. Estaba a punto de decirle algo, ella negó con la cabeza, sin dejar de sonreír. No quiero saber nada, dijo. Luego me besó, levemente, en la boca.

Esta noche vendrás conmigo al lago, dijo, tengo que enseñarte una cosa.

Y hasta el lago nos fuimos, de hecho, en la luz baja del final de la tarde, acortando por los huertos para ir más deprisa y llegar a la hora justa, una hora que la Hija conocía con exactitud; era *su* lago. Resultaba difícil adivinar cómo esa obtusa campiña se lo había derramado en su regazo, pero ciertamente cuando lo hizo lo hizo bien, y de una vez por todas: de manera que el agua estaba inexplicablemente clara, firme, gélida y mágicamente despreocupada de las estaciones. No se helaba en invierno, no se secaba en verano. Era un lago ilógico y tal vez por eso nadie había sido capaz de darle nunca un nombre. A los extranjeros, los viejos del lugar les decían que no existía.

Acortaron a través de los huertos y por eso llegaron justo a tiempo; se echaron en la orilla, la Hija dijo No te muevas, luego dijo Ya llegan. Y, en efecto, empezaron a llegar desde la nada, una a una, pequeñas aves con la panza amarilla, unas golondrinas casi, pero con un avance suyo desconocido y un reflejo de otros horizontes en las plumas. Ahora guarda silencio y escucha, dijo la Hija. Las aves surcaban el lago con un vuelo tranquilo, a pocos palmos del agua. Luego, de repente, perdían altura y ganando velocidad descendían a ras de agua: allí, en un instante, devoraban al vuelo un insecto que había ido a buscar un hogar, o comodidad, sobre la corteza húmeda del lago. Lo hacían con una desenvoltura divina y, al hacerlo, rozaban por un momento con sus vientres amarillos el agua: en el silencio absoluto de la campiña aturdida por el calor se podía oír un roce plateado, sólo un instante: las plumas percutiendo la piel del agua. Es el ruido más hermoso del mundo, dijo la Hija. Dejó pasar el tiempo, y un pájaro tras otro. Luego lo repitió: Es el ruido más hermoso del mundo. Una vez, añadió, el Tío me dijo que muchas cosas de los hombres son comprensibles sólo si te acuerdas de que nunca serían capaces de un sonido semejante: la ligereza, la velocidad, la gracia. De manera que, me dijo, no cabe esperar que sean depredadores elegantes, sino sólo aceptar lo que son, depredadores imperfectos.

La Esposa joven se quedó un rato en silencio, escuchando el ruido más hermoso del mundo, luego se volvió hacia la Hija.

Siempre hablas del Tío, ¿sabes?, dijo.

Lo sé.

Te gusta.

Claro. Me voy a casar con él.

La Esposa joven se echó a reír.

Ten cuidado, de lo contrario se van a marchar, dijo la Hija, molesta.

La Esposa joven encogió la cabeza entre los hombros y bajó la voz.

Estás loca, es tu tío, nadie puede casarse con un tío suyo, eso es una idiotez y, sobre todo, está prohibido. No van a permitírtelo.

Quién más quieres que me quiera, minusválida como soy.

Estás bromeando, tú eres maravillosa, tú...

Y, además, no es mi tío.

¿Cómo dices?

No es mi tío.

Claro que lo es.

¿Quién te lo ha dicho?

Lo sabe todo el mundo, lo llamáis Tío, es tu tío.

No lo es.

¿Estás diciéndome que ese hombre...?

¿Quieres callarte un rato? Si no los miras, dejan de hacerlo.

De manera que regresaron a las aves de color amarillo con plumas, que venían desde lejos a percutir el agua. Era sorprendente la cantidad de detalles que se habían congregado en un solo instante para producir el resultado de esa perfección: no habría sido tan fácil con un lago apenas encrespado, y otros insectos, más astutos, habrían podido complicar el vuelo de los pájaros, del mismo modo que sin el silencio del campo embotado todos los sonidos se habrían perdido, aunque fueran magníficos. De todas formas, ningún detalle había desertado, ni se había retrasado por el camino, o había dejado de creer en su minúscula necesidad: así que en cada roce de las plumas amarillas sobre el agua se ofrecía el espectáculo de un pasaje logrado de la Creación. O bien, si se prefiere, el mágico revés de una Creación no acaecida, es decir, un detalle escapado al, de otra forma, génesis casual de las cosas, una excepción al desorden y a la insensatez de la totalidad. En cualquier caso, un milagro.

Lo dejaron pasar. La Hija encantada, la Esposa joven atenta, aunque todavía demorándose un poco en el asunto aquel del Tío. A ambas se les escapó la elegancia de la puesta de sol, un acontecimiento que ocurre con poca frecuencia: como se habrá observado, no hay casi nada que pueda distraer de una puesta de sol en cuanto uno la tiene delante de sus ojos. A mí me ocurrió una única vez, que yo recuerde, por la presencia de determinada persona a mi lado, pero fue la única vez; de hecho era una persona irrepetible. Normalmente es algo que no suele ocurrir, pero les ocurrió a la Hija y la Esposa joven, que tenían delante de sus ojos una puesta de sol de cierta elegancia y no la vieron, porque estaban allí, escuchando el sonido más hermoso del mundo repitiéndose muchas veces igual, y luego una última vez, no diferente. Los pájaros de las plumas amarillas desaparecieron en una lejanía cuyo secreto sólo ellos poseían, el campo volvió a su obviedad anterior y el lago a la mudez en que lo habían encontrado. Sólo entonces la Hija, tumbada y sin dejar de mirar la superficie del lago, comenzó a hablar y dijo que un día, muchos años atrás, era en invierno, ella y el Hijo se perdieron. Él tenía siete años, yo cinco, dijo, éramos niños. Íbamos por el campo, lo hacíamos a menudo, era nuestro mundo secreto. Pero fuimos demasiado lejos, o no sé, perseguíamos algo, no me acuerdo, tal vez una ilusión, o un presentimiento. Cayó la oscuridad y, con la oscuridad, la niebla. Nos dimos cuenta demasiado tarde, no había forma de reconocer nada y el camino de regreso había sido tragado por un muro que no conocíamos. El Hijo tenía miedo, yo también. Caminamos largo rato, intentando mantenernos siempre en la misma dirección. Llorábamos ambos, pero silenciosamente. Entonces nos pareció oír un ruido, que horadaba la niebla, el Hijo dejó de llorar, recuperó una voz firme, dijo Vamos hacia allí. Ni siquiera se veía dónde poníamos los pies, a veces era dura tierra, helada; a veces socavones, o barro, pero continuamos adelante, nos guiábamos por el ruido, lo oíamos cada vez más cerca. Al final, se trataba de la rueda de un molino, giraba con las aspas en una especie de canal, estaba completamente desvencijado, la rueda daba vueltas a duras penas, golpeando por todos los lados, y ése era el ruido. Delante, parado, había un automóvil. No habíamos visto muchos, en nuestra vida, pero nuestro padre tenía uno: sabíamos de qué se trataba. Sentado al volante había un hombre, y estaba durmiendo. Yo dije algo, el Hijo no sabía qué hacer, nos acercamos, empecé a decir que teníamos que irnos, y el Hijo me decía Cállate, y luego dijo Nunca vamos a encontrar el camino de casa. El hombre dormía. Hablábamos en voz baja, para no despertarlo, pero también levantando un poco la voz de vez en cuando, porque estábamos peleándonos, y teníamos miedo. El hombre abrió los ojos, nos miró y luego dijo: Subid, os llevo para casa.

Cuando nos abrieron la puerta, en casa, la Madre comenzó a gritar algo absurdo, pero muy feliz. El Padre se fue hacia el hombre y le pidió que le contara. Al final, le estrechó la mano, o lo abrazó, no me acuerdo, y le preguntó si podíamos hacer algo por él. Sí, respondió: Estoy muy cansado, ¿le molesta que me quede aquí un momento a dormir?, luego me iré. Se tumbó en el sofá, sin esperar siquiera la respuesta. Y se durmió. Desde ese día no se ha vuelto a marchar, porque tiene todavía que acabar de dormir, y porque sería tremendamente triste ver cómo se marcha. Quien lo llamó Tío por primera vez fue el Hijo, pocos días después. Y se ha quedado como el Tío, para siempre.

La Esposa joven se quedó un rato pensativa.

Ni siquiera sabéis quién es, dijo.

No. Pero cuando me case con él me lo contará todo.

¿No sería mejor que primero te lo contara y luego, eventualmente, casarte con él?

Lo intenté.

¿Y él?

Siguió durmiendo.

Que es, por otro lado, lo que más o menos seguí haciendo yo cuando el Doctor, en un insoportable arrebato de obviedades, me dijo que el meollo del problema radicaba en mi incapacidad para comprender quién soy. Como me quedé en silencio, el Doctor repitió su obviedad, esperando quizá que reaccionara yo de alguna manera, por ejemplo explicándole quién era o, por el contrario, admitiendo que no tenía ni la más mínima idea al respecto. Pero en realidad lo que hice fue seguir dormitando un rato más. Luego me levanté y me encaminé cansadamente hacia la puerta, diciendo que nuestra colaboración terminaba allí. Recuerdo que utilicé exactamente esas palabras, aunque ahora me parezcan demasiado formales. Entonces, él se echó a reír, pero con una risa forzada, probablemente recogida en los manuales, algo estudiado en los libros, algo que me pareció insoportable hasta tal punto que me llevó a un gesto inesperado –tanto para el Doctor como para mí–, es decir, a aferrar lo primero que tenía a mano –un reloj de mesa de dimensiones modestas, pero no carente de aristas ni de cierta consistencia– y lanzarlo contra el Doctor, alcanzándolo de lleno en el hombro –no en la cabeza, como informaron luego erróneamente los periódicos–, con el resultado de hacer que perdiera el conocimiento, no resulta claro si a causa del dolor o de la sorpresa. Tampoco es cierto que luego infligiera al Doctor varias patadas, como un periódico, que me odia desde hace años, sostuvo –o al menos no recuerdo haberlo hecho–. A continuación se sucedieron unos días muy desagradables, en los que me negué a realizar la más mínima declaración, soportando todo tipo de insoportables chismorreos, y recibiendo, sin especial interés, una denuncia por agresión. Como resulta comprensible, desde entonces vivo encerrado en casa, limito las salidas a lo estrictamente imprescindible y voy hundiéndome lentamente en una soledad que me aterroriza y, al mismo tiempo, me protege.

Debo admitir, a juzgar por las fotografías que me hizo llegar mi abogado, que se diría que la verdad es que le di en la cabeza al Doctor. Qué puntería.

Luego regresaron cuando la oscuridad ya estaba de camino, la Hija con su paso cubista, la Esposa joven con la mente puesta en ciertos pensamientos suyos, difuminados.

Fingieron que no se daban cuenta de nada, pero la verdad es que las entregas comenzaron a espaciarse, dejando días vacíos sin nombre, de acuerdo con ritmos que parecían tener poco de racional y, por tanto, algo incoherente con la mentalidad del Hijo, tal y como la habían conocido. Llegó un arpa irlandesa, y al día siguiente dos manteles bordados. Sin embargo, luego nada, durante dos días. Sacos de semillas, un miércoles, y nada hasta el domingo. Una cortina amarilla, tres raquetas de tenis, pero en medio cuatro días sin nada. Cuando pasó una semana entera sin que ni un solo retoque postal llegara a medir el tiempo de la espera, Modesto se decidió a solicitar, de manera respetuosa, una entrevista con el Padre. Se había preparado cuidadosamente la frase de exordio. Estaba en sintonía con las arraigadas inclinaciones de la Familia, históricamente ajenas a toda clase de pesimismo.

Señor, habrá constatado sin duda cierta ralentización de las entregas en los últimos tiempos. Me preguntaba si no sería el caso de deducir de ello la inminente llegada del Hijo.

El Padre lo miró silencioso. Venía de pensamientos lejanos, pero anotó en algún borde periférico de su mente la belleza de la fidelidad a un estilo, a menudo más visible en los sirvientes que en los señores. La certificó con una imperceptible sonrisa. Pero como seguía guardando silencio, Modesto prosiguió.

He tenido la oportunidad de constatar, por otra parte, que el último telegrama matutino se remonta a hace veintidós días, dijo.

El Padre también lo había constatado. No sería capaz de remontarse al día exacto, pero sabía que a partir de un determinado momento el Hijo había dejado de tranquilizar a la Familia sobre el resultado de sus noches.

Asintió con la cabeza. Sin embargo, permaneció en silencio.

En la severa interpretación que daba a su profesión, Modesto consideraba que el silencio en compañía de un señor era una práctica excesivamente íntima y, por lo tanto, la evitaba de forma sistemática, recurriendo a un par de operaciones elementales: pedir permiso para retirarse o continuar hablando. Por lo general, prefería la primera. Ese día se atrevió con la segunda.

Así que, si usted me lo permite, me gustaría empezar a plantear los preparativos para la llegada, a la que me inclinaría a dedicarle toda mi atención, dado el cariño que siento por el Hijo y considerada la alegría que el hecho de volver a verlo aportará a toda la casa.

El Padre casi se conmovió. Conocía a ese hombre desde siempre, de manera que en ese momento era capaz de comprender a la perfección lo que estaba diciéndole *realmente,* en el revés de sus palabras, con una generosidad y una elegancia irreprochables. Le decía que algo se estaba torciendo con el Hijo y que él estaba allí para evitar por cualquier medio que fuera perturbada la regla que no le permitía a nadie rendirse al dolor en esas habitaciones. Probablemente también estaba recordándole que su devoción por el Hijo era tal que ninguna misión le parecería inadecuada si el objetivo era el de dulcificar su destino.

Así que el Padre se quedó en silencio, tocado por la proximidad de ese hombre. Por su inteligencia, por su control. Estaba, precisamente esa tarde, midiendo su propia soledad y, al mirar a Modesto, se dio cuenta de que veía en él al único personaje, digno, que habitaba en esas horas el abierto paisaje de su desconcierto. Y, en efecto, en momentos como ésos suele ocurrir que, cuando estamos llamados a conllevar penas secretas, o no fácilmente formulables, sean personajes secundarios, de programática modestia, los que rompan de vez en cuando el aislamiento al que nos vemos constreñidos, con el resultado de vernos, como me sucedió a mí hace sólo unos días, concediendo a desconocidos la entrada ilógica en nuestro laberinto, con la ilusión infantil de poder obtener así una sugerencia, o un provecho, o simplemente un alivio pasajero. En mi caso, me avergüenza decirlo, se trataba del empleado de un supermercado que estaba colocando con meticulosa vigilancia unos congelados en el cajón correspondiente –aunque no sabría cómo llamarlo con exactitud– y lo hacía con las manos enrojecidas por el hielo. No sé, pensé que hacía algo semejante a lo que debería hacer yo, con respecto al cajón de mi alma, aunque no sabría cómo llamarlo con exactitud. Acabé diciéndoselo. Me satisfizo ver que no dejaba de trabajar mientras me decía que no estaba seguro de haberme entendido bien. Así que se lo expliqué mejor. Mi vida se ha roto en pedazos, dije, y no soy capaz de recolocar las piezas en su sitio. Tengo las manos cada vez más heladas, hace ya algún tiempo que no siento nada, le dije. Pensaría que estaba tratando con un loco y, de hecho, ésa fue la primera vez que pensé que incluso podía volverme loco; una ocurrencia que el Doctor, tontamente, optaba por descartar, antes de que la emprendiera a relojazos contra él. El secreto es hacerlo todos los días, me dijo entonces el empleado del supermercado. Uno hace las cosas todos los días, así se convierten en algo fácil. Yo lo hago todos los días, de manera que ni siquiera me doy cuenta. ¿Hay algo que haga usted todos los días?, me preguntó. Escribo, le dije. Qué bonito. ¿Qué escribe? Libros, dije. ¿Libros sobre qué? Novelas, dije. No tengo tiempo de leer, dijo él; es lo que siempre dicen. Claro, lo entiendo, le dije, no es grave. Tengo tres hijos, dijo; tal vez se trataba de una justificación, pero en cambio lo tomé como el inicio de una conversación, como un permiso para intercambiar algo, y entonces le expliqué que, por muy curioso que pudiera parecer, yo podía colocar las piezas de un libro unas sobre otras sin mirarlas siquiera: me bastaba con tocarlas con la punta de los dedos, por decirlo de algún modo, mientras que la misma operación me resulta prohibitiva cuando me aplico a los pedazos de mi vida, con los que soy incapaz de construir nada que tenga una forma sensata, o incluso sólo educada, ya que no agradable, y esto a pesar del hecho de que se trata de un gesto al que me dedico prácticamente cada día, y desde hace tantos días que, ¿sabe?, le dije, tengo las manos heladas, ya no siento nada.

Me miró.

¿Sabe dónde puedo encontrar las servilletas de papel?, le pregunté.

Claro, venga conmigo.

Caminaba delante de mí, con su bata blanca, y por un momento vi al único personaje, digno, que habitaba en esas horas el paisaje abierto de mi desconcierto. Por eso estoy en condiciones de entender por qué el Padre, en vez de decir algo sobre el Hijo, abrió un cajón y sacó un sobre, abierto, lleno de sellos. Lo sostuvo un poco entre sus manos. Luego se lo entregó a Modesto. Le dijo que procedía de Argentina.

Modesto no disponía de imaginación –atributo inútil en su trabajo, cuando no perjudicial–, por tanto no se movió: se estaba hablando del Hijo, Argentina no tenía nada que ver, o si tenía que ver era a través de conexiones cuyo mapa desconocía.

Pero el Padre estaba asustado debido a su propia soledad, por lo que hizo un gesto perentorio y dijo:

Léala, Modesto.

Él la cogió. Al abrirla, se encontró pensando que, en

cincuenta y nueve años de servicio, había tenido acceso a un montón de secretos y, sin embargo, ésa era la primera vez que alguien le ordenaba expresamente que lo hiciera. Estaba preguntándose si esto de alguna manera iba a cambiar el estatuto de su posición en aquella Casa, cuando las primeras líneas lo llevaron lejos de cualquier pensamiento. La carta estaba escrita con una letra un poco agotadora, pero con un orden que sólo hacia el final se rendía al cansancio. Nombraba las cosas sin buscar elegancia ni precisión, sino remitiéndolo todo a la sencillez que uno imagina poseen los hechos, cuando no se ha tenido el privilegio de estudiarlos. No había lujo, ni emoción, ni inteligencia. Las piedras, si hablaran, lo harían de esa manera. Era una carta breve. Venía firmada con una sigla.

Modesto dobló de nuevo el papel y, debido a su instintiva vocación por el orden, lo metió en el sobre. Desorientado, lo primero que constató fue que no había rastro alguno del Hijo en esa carta: se trataba de otra historia. No estaba acostumbrado a afrontar las cosas de esa forma; tenía siempre la perspicacia de acomodar los problemas en una secuencia lineal, donde fuera posible considerarlos uno tras otro: poner la mesa constituía la más elevada ejemplificación de ese precepto.

Lo segundo que constató lo dijo en voz alta.

Es terrible.

Sí, dijo el Padre.

Modesto dejó la carta sobre la mesa, como si quemara.

¿Cuándo llegó?, preguntó. No recordaba haber pronunciado nunca una pregunta tan directa al Padre, ni al Padre del Padre, en toda su vida.

Hace unos días, respondió el Padre. La escribió un informador de Comandini, le había rogado que mantuviera vagamente la situación bajo control.

Modesto asintió. No le gustaban las formas de Comandini, pero siempre había reconocido su habilidad.

¿Lo sabe la Esposa joven?, preguntó.

No, dijo el Padre.

Habrá que informarla.

El Padre se levantó.

Tal vez, dijo.

Se quedó dudoso un momento sobre si ir a la ventana, para esculpir una pausa silenciosa, o medir la habitación con pasos lentos que dieran a entender a Modesto su cansancio, pero también su calma. Optó por dar la vuelta alrededor de la mesa y quedarse de pie frente al sirviente. Lo miró.

Le dijo que muchos años atrás había empezado a realizar un gesto, y que desde entonces nunca había dejado de dedicarse a la ilusión de llevarlo a buen término. Dijo, más bien oscuramente, que heredó de su familia un nudo enredado en el que nadie parecía ser ya capaz de distinguir cuál era el hilo de la vida y cuál el hilo de la muerte, y dijo que él se planteó deshacerlo y que éste era su proyecto. Podía recordar el día exacto en que se le ocurrió, y que era el día de la muerte de su padre, por cómo había muerto, por cómo había querido morir. A partir de ahí empezó a trabajar con paciencia, convencido de que empezar ese gesto iba a ser el paso más difícil, pero ahora comprendía que le aguardaban pruebas inesperadas, de las que no tenía experiencia alguna, y ante las cuales exhibía un conocimiento insuficiente. Sin embargo, no podía dar marcha atrás, a menos que evitara hacerse preguntas para las que no tenía ni talento ni respuestas. Así que aún tenía por delante ese camino que remontar otra vez y se dio cuenta de repente de que había perdido las huellas, porque alguien había movido, o confundido, las señales que había dispuesto sobre el terreno. Y sobre todas las cosas estaba cayendo una niebla, o un crepúsculo, no era capaz de decirlo. Porque nunca había estado tan cerca de perderse y ésta era la razón por la que ahora se veía, estupefacto, contándoselo todo a un hombre al que recuerdo, eterno, moviéndose alrededor de mi vida de niño, presente en todas partes y siempre ausente, tan inexplicable que llegó a empujarme un día a preguntarle a mi padre quién era, oyendo que me respondía: Es un sirviente, nuestro mejor sirviente. Entonces le pregunté qué hacía un sirviente. Es un hombre que no existe, me explicó mi padre.

Modesto sonrió.

Es una definición bastante exacta, dijo.

Pero había adelantado ligeramente una pierna hacia el exterior de la silla, y el Padre se percató de que no podía volver a pedirle a ese hombre que recorriera con él las huellas de su desorientación. No había nacido para eso y, en todo caso, su trabajo lo destinaba a servir exactamente lo contrario: gestionar determinadas certezas, dadas en la vida, cristalizadas por una familia.

Entonces el Padre recuperó su habitual y sosegada firmeza.

Mañana iré a la ciudad, dijo.

No es jueves, señor.

Lo sé.

Como usted prefiera.

Me llevaré conmigo a la Esposa joven. Iremos en tren. Cuento contigo para que obtengas para nosotros un acomodo privado, lo ideal sería viajar solos.

Por supuesto.

Otra cosa, Modesto.

Dígame.

El Padre sonrió, porque veía cómo ese hombre recuperaba el color, ahora que lo había devuelto a la superficie de sus tareas, después de haberlo forzado imprudentemente hacia los arcanos de inciertas reflexiones. Incluso había colocado de nuevo la pierna en su lugar, alineada con la otra, dispuesto a quedarse.

Dentro de veintidós días nos iremos de vacaciones, dijo con tranquila seguridad. No hay cambio alguno respecto a los programas de costumbre. Por supuesto, la casa se quedará completamente vacía, descansando, como siempre hemos hecho.

Luego dio una respuesta genérica a una pregunta que Modesto no habría tenido valor para formular.

El Hijo sabrá cómo comportarse, dijo, vayan como vayan las cosas.

Bien, dijo Modesto.

Esperó un momento y luego se levantó. Con su permiso, dijo. Esbozó esos primeros pasos hacia atrás que precedían a la legendaria ráfaga de viento, cuando el Padre, con una pregunta, lo indujo a interrumpir su número favorito y hacer que levantara la mirada.

Modesto, hace años que quería preguntártelo: ¿qué haces, cuando nosotros nos marchamos y cerramos la casa?

Me emborracho, dijo Modesto con una imprevisible prontitud y despreocupada sinceridad.

¿Durante dos semanas?

Sí, señor, todos los días, durante dos semanas.

¿Y dónde?

Hay una persona que se ocupa de mí, en la ciudad.

¿Puedo atreverme a preguntar de qué clase de persona se trata?

Si es absolutamente necesario, señor.

El Padre se lo pensó un momento.

No, no creo que sea absolutamente necesario.

Modesto esbozó una reverencia con gratitud y se dejó llevar lejos de allí por la habitual ráfaga de aire. Al Padre le pareció incluso notar un soplo de brisa: hasta ese punto había llegado la maestría de ese hombre. Así que se quedó un rato en la salmuera de su admiración antes de levantarse y aventurarse a lo que, durante la conversación con Modesto, se le había pasado por la cabeza hacer, con cierta urgencia, sorprendido también por no haberlo pensado antes. Salió del estudio y comenzó a peinar la casa para buscar lo que quería encontrar, es decir, al Tío. Lo encontró dormido, como es obvio, en el sofá del pasillo, uno de esos sofás en los que nadie piensa en sentarse: se aplican al espacio para corregirlo, se simula una necesidad para rellenar los vacíos. Es la misma lógica a la que se deben las mentiras en los matrimonios. El Padre fue a buscar una silla y la acercó al sofá. Se sentó. El Tío dormía sosteniendo un cigarrillo entre los dedos, apagado. Lucía en el rostro rasgos libres de cualquier pensamiento y respiraba con lentitud, en el puro ejercicio de una necesidad de la vida, carente de otro cometido adicional o de segundas intenciones. El Padre habló en voz baja y dijo que el Hijo había desaparecido, y que él podía sentirlo, a cada hora, en el acto irremediable de alejarse de todo el mundo y, probablemente, de sí mismo. Dijo que no era capaz de interpretarlo como una posible variante provechosa de su destino de hombre, aunque admitía que pudiera serlo, en realidad, y esto porque nunca había creído en la posibilidad de poner en orden el mundo si se permitía que algunas piezas disfrutaran del privilegio de desaparecer, verbo que aborrecía. Así que se veía desarmado y se preguntaba si él, el Tío, podría por casualidad traerle de vuelta a su niño de nuevo, como fue capaz de hacerlo mucho tiempo atrás, de un modo misterioso, pero puntual; o ayudarle a comprender por lo menos el manual de las desapariciones, dado que parecía conocer los detalles al respecto, e incluso, tal vez, sus razones últimas. Dijo todo esto retorciéndose las manos, una con otra, en un gesto nervioso que no era habitual en él y que era consciente de que procedía de la tierra hacia la que estaba viajando, en los pasos lentos de su última peregrinación.

El Tío no se movió, pero los ritmos de su presencia eran misteriosos, y el Padre se quedó esperando, sin prisas. No añadió nada más a lo que había dicho, salvo, al final, un paciente y largo silencio. Hasta que una mano del Tío se movió hacia un bolsillo, sacando del mismo unas cerillas. Abrió los ojos, no pareció percatarse de la presencia del Padre, encendió su cigarrillo. Sólo entonces se volvió hacia él.

Todas esas cosas que envía, dijo.

Alejó con un gesto el humo, que parecía ir hacia el Padre.

Se libra de ellas, dijo.

No llevaba el cigarrillo a los labios, dejó que se fumara por sí solo, como si encenderlo hubiera sido un gesto de cortesía hacia él.

Yo no me había dado cuenta. ¿Alguien se había dado cuenta?, preguntó.

El Padre dijo que le había parecido una forma curiosa de regresar, tal vez incluso una forma hermosa: un poco cada vez. Parecía una manera *feliz* de regresar.

Cuando, por el contrario, se estaba marchando, dijo.

El Tío miró el cigarrillo, le concedió unos segundos más aún, luego lo apagó en el florero, que desde hacía tiempo estaba acostumbrado a tal cosa.

Ya, dijo.

Luego cerró los ojos. Adormilado, añadió que nadie desaparece para morir, aunque haya algunos que lo hacen para matar.

Pues claro, había sentenciado alegremente la Madre, es obvio que la chica tiene que ver la ciudad, de lo contrario qué posibilidad hay de que comprenda una catedral gótica o el recodo de un río. En la ciudad no había ni catedrales góticas ni recodos de ríos, pero a nadie se le pasó por la cabeza sugerirle tal cosa (muchos de sus silogismos eran realmente inescrutables). Estaban en medio del desayuno, el pan tostado empezaba a entibiarse y el Padre y la Esposa joven estaban en sus habitaciones, preparándose. Lo único que no entiendo es por qué tiene que ser en tren, prosiguió la Madre. Cuando uno dispone de un coche, quiero decir. El Farmacéutico, notable hipocondríaco y, por tanto, excepcionalmente adecuado para su trabajo, se lanzó a una reflexión sobre los riesgos de los viajes, fuera cual fuera la forma en que uno pretendiera llevarlos a cabo. Con cierto orgullo subrayó que él nunca había recorrido una distancia que superara los treinta y cinco kilómetros desde su casa. Se necesita cierta constancia, admitió la Madre. Es una de mis virtudes, dijo el Farmacéutico. Y una sorprendente dosis de estupidez, completó la Madre. El Farmacéutico esbozó una reverencia y murmuró Se lo agradezco, porque había bebido, y sólo más tarde, de noche, en su casa, reconstruyó toda la secuencia, dándose cuenta de que algo se le había escapado. No pegó ojo dándole vueltas. Su esposa, una bruja que tenía diez años más que él y un aliento famoso en toda la región, le preguntó si había algo que lo incomodara. ¿Aparte de ti?, le preguntó el Farmacéutico, que desde joven había tenido sus momentos de brillantez.

De manera que ya estaban en el tren. Modesto había trabajado con eficacia y un vagón entero se ofrecía a su soledad, mientras que en los demás la gente se hacinaba entre maletas y gritos de niños. Resulta increíble lo que puede lograrse disponiendo de un montón de dinero y de cierta vocación por la cortesía.

El Padre se había sentado en el sentido de la marcha, y esto era debido a la inexactitud de su corazón y a una tan meticulosa como idiota recomendación de su cardiólogo, el doctor Acerbi. La Esposa joven se había vestido con una elegancia sufrida, porque se había decantado por un perfil más bien bajo. De hecho la Madre, al verla partir, torció el gesto. ¿Va a ver a las monjas?, le preguntó a quien estaba a su lado, sin prestar atención al hecho de que era monseñor Pasini. Pero no se preocupaba por elegir a sus interlocutores cuando se trataba de hablar. Probablemente, cuando hablaba, estaba pensando en hablarle al mundo. Es un error que muchos cometen. Es posible, respondió con amabilidad monseñor Pasini. Años antes, había perdido la cabeza por una monjita del Carmelo, pero en ese momento no se acordó de aquello.

Cuando hubo partido el tren –que, por recomendación del ya mencionado doctor Acerbi, habían ido a coger con una hora de anticipación, a fin de evitar cualquier riesgo de estrés–, el Padre pensó que había llegado el momento de iniciar la operación a la que, con cierta fiereza, había decidido aplicarse ese día.

Se habrá preguntado por qué la traigo conmigo, dijo.

No, respondió la Esposa joven.

Y durante un rato la conversación tuvo problemas para despegar.

Pero el Padre tenía una misión que cumplir, estudiada al milímetro, por lo que esperó a que el plan se le recompusiera con claridad en su mente, abrió el maletín con el que siempre iba a la ciudad (a menudo no contenía nada, le gustaba tener algo para no dejarlo olvidado por ahí) y sacó una carta. Estaba abierta y llena de sellos.

La recibí hace unos días, de Argentina. Me temo que tiene usted que leerla, señorita.

La Esposa joven echó un vistazo al sobre, pero de la

misma manera que podría haber mirado un plato de espárragos después de haber vomitado.

¿Prefiere que se la resuma yo?, preguntó el Padre.

Preferiría que la metiera de nuevo en el maletín, si tengo que decirle la verdad.

Eso es imposible, dijo el Padre. O mejor dicho: inútil, aclaró.

Entonces prefiero un resumen.

De acuerdo.

El tren chirriaba.

He recibido noticias de su familia, empezó. No son buenas, aclaró.

Luego, al ver que la Esposa joven no reaccionaba, decidió adentrarse hasta el meollo de la cuestión.

Verá, me temo que tengo que informarla de que el día después de su partida de Argentina su padre fue encontrado en una acequia, ahogado en dos palmos de agua y fango.

La Esposa joven no movió ni un músculo. El Padre prosiguió.

Regresaba de una velada en alguna parte, probablemente estaba borracho, o prefiero pensar más bien que su caballo se encabritó de repente y lo derribó al suelo. Probablemente fue una fatalidad, un paso en falso de la fortuna.

No es una acequia, dijo la Esposa joven. Es un río, una pena de río, el único que fluye por esa zona.

El Padre tenía en mente otro tipo de reacción y se había preparado para ello. Se le cayó la carta de la mano y tuvo que agacharse para recogerla.

No fue ningún paso en falso de la fortuna, prosiguió la Esposa joven. Él había prometido hacerlo y lo hizo. Sin duda se emborrachó como una cuba y luego se arrojó.

La voz era durísima, y calmada. Pero el Padre vio lágrimas en sus ojos.

¿Sabe algo más?, preguntó la Esposa joven.

Dejó un extraño testamento, escrito el mismo día de su muerte, dijo con cautela el Padre.

La Esposa joven asintió con la cabeza.

El tren chirriaba.

Ha dejado la mitad de sus bienes a su esposa, y la otra mitad a sus hijos, dijo el Padre.

¿*Todos* sus hijos?

Ésa es la cuestión, si le parece bien que hablemos de ello.

Me parece bien.

Tengo que informarle de que a usted no se la menciona, señorita.

Le agradezco su prudencia, pero preferiría evitar eufemismos, sé lo que puedo esperar.

Digamos que usted es mencionada, pero en un contexto más bien... yo diría que *severo*.

Severo.

Sólo hay una frase dedicada a usted.

¿Una frase que dice...?

Al parecer, su padre deseaba que se la maldijera durante todos y cada uno de los días que le resten por vivir. Cito de memoria y me disculpo infinitamente por ello.

Las lágrimas empezaron a surcar su rostro, pero permanecía con la espalda recta y los ojos clavados en el Padre.

¿Algo más?, preguntó.

Eso es todo, dijo el Padre.

¿Cómo sabe todas estas cosas?

Me mantengo informado, cualquier persona que se dedica al comercio lo hace.

¿Comercia con Argentina?

De vez en cuando.

La Esposa joven ni siquiera intentaba ocultar las lágrimas, o enjugarlas de alguna forma. Y, sin embargo, en su voz no había ni una sombra de queja o de sorpresa.

¿Le importaría que nos quedáramos un rato en silencio?, dijo.

Pero, por favor, la entiendo perfectamente.

Desfiló mucho campo por las ventanillas, siempre idéntico, mientras la Esposa joven permanecía en un silencio de hierro y el Padre miraba al vacío, repasando sus pensamientos. Pasaron pequeñas estaciones con nombres conmovedores, maizales cebados por el calor, cortijos sin poesía, campanarios mudos, tejados, establos, bicicletas, humanos sordos, curvas de carretera, hileras de plantas y, una vez, un circo. Sólo cuando la ciudad era inminente, la Esposa joven cogió un pañuelo, se enjugó las lágrimas y levantó su mirada hacia el Padre.

Soy una chica sin familia y sin dinero, dijo.

Sí, secundó el Padre.

¿Lo sabe el Hijo?

No me pareció que hubiera ninguna urgencia especial de informarle.

Pero lo sabrá.

Es inevitable, mintió el Padre, sabiendo que el asunto era un poco más complicado.

¿Adónde me lleva ahora?

¿Cómo dice?

¿Me está alejando?

El Padre escogió un tono firme, quería que la Esposa joven supiera hasta qué punto era dueño de la situación.

Por supuesto que no: por ahora usted va a quedarse con la Familia, señorita, sobre esto ni siquiera hay que iniciar una conversación. Tan sólo quería quedarme a solas con usted, para poder comunicarle las noticias que le concernían. No estoy alejándola.

¿Y adónde vamos, entonces?

A la ciudad, señorita, tan sólo voy a pedirle que me siga.

Me gustaría volver a casa. ¿Es posible?

Naturalmente. Pero ¿puedo pedirle que no lo haga?

¿Por qué?

El Padre asumió un tono al que recurría raras veces y que nunca había utilizado con la Esposa joven. Implicaba la admisión de cierta confianza.

Verá, me disgustó tener que ocuparme de cosas que le concernían y no me sentí feliz enterándome antes que usted de noticias que me pertenecen tan sólo de una manera marginal. Tuve la desagradable sensación de haberle robado algo.

Hizo una breve pausa.

Así que pensé que me sentiría aliviado ante la idea de que usted también pudiera conocer circunstancias que ignora, y que también tuvieron, y todavía tienen, una gran influencia sobre la vida de la Familia y, en particular, sobre la mía.

La Esposa joven levantó la vista y mostró un estupor que, al oír noticias de su padre, no había esbozado siquiera.

¿Está a punto de confesarme un secreto?, preguntó.

No, no sería capaz de hacerlo. Y tengo la tendencia, además, a evitar situaciones emocionalmente demasiado exigentes, por motivos de prudencia médica, como quizá podrá entender.

La Esposa joven asintió con un pequeño movimiento de cabeza.

El Padre prosiguió.

Creo que lo mejor es que venga conmigo al lugar al que nos dirigimos: es un lugar donde hay alguien que sabrá explicarle lo que para mí es importante que usted sepa.

Buscó la exactitud de las palabras concentrándose en el gemelo del puño de una manga.

Le advierto que en un primer momento le parecerá un sitio un tanto inapropiado, sobre todo después de la noticia que acaba de recibir, pero lo he pensado mucho y me atrevo a creer que es usted una muchacha poco propensa a los lugares comunes y, por tanto, estoy convencido de que no se va a incomodar, y al final entenderá que no había otra forma de hacerlo.

La Esposa joven pareció por un instante tener algo que decir, luego se limitó a volver la mirada hacia la ventanilla. Vio que la gran estación los engullía con su paladar de hierro y vidrio.

¿Y qué haces en toda esta soledad?, me preguntó L., mientras inspeccionaba horrorizada el orden delirante de mi casa.

Escribo mi libro, le contesté.

¿Y qué has venido a hacer tú a esta soledad mía?, le pregunté, fijándome en que tenía aún los mismos labios de entonces, unos labios difíciles de entender.

A leer tu libro, me contestó.

Pero con esa mirada que conozco. Es la que tiene un poco todo el mundo, a tu alrededor, cuando hace meses, tal vez años, que trabajas en un libro que aún no ha leído nadie. En el fondo, piensan que no estás escribiéndolo *verdaderamente*. Lo que esperan es encontrar en uno de tus cajones un rimero de hojas donde está escrito miles de veces *A quien madruga Dios le ayuda*. Hay que ver su sorpresa cuando descubren que has escrito de verdad el libro. Qué capullos.

Le tendí las hojas impresas, se echó en un sofá y, fumando, se puso a leer.

La conocía desde hacía años. En cierta ocasión me dio a entender que estaba muriéndose, aunque tal vez se tratara únicamente de infelicidad, o de médicos incapaces. Ahora tiene dos hijos y un marido. Decía cosas inteligentes, con respecto a lo que yo escribía, mientras nos citábamos en habitaciones de hotel para amarnos, tortuosos pero obstinados. Siempre ha dicho también cosas inteligentes sobre la gente que vive, y a veces sobre la forma en que vivíamos. Quizá me esperaba que pudiera reabrir el Mapa de la Tierra y enseñarme dónde me encontraba; sabía que, en tal caso, lo haría con cierta belleza en los gestos, porque era algo inevitable en ella. Por eso le contesté, cuando me escribió, asomándose desde la nada en la que había desaparecido. No se trata de algo que haga en estos últimos tiempos. No respondo a nadie. No le pido nada a nadie. No debo pensar en ello, de lo contrario me vuelvo incapaz de respirar, debido al horror.

Ahora estaba echada en el sofá leyendo lo que estaba impreso en esas hojas, en lugar de *A quien madruga Dios le ayuda*. Empleó para ello una hora, algo más. Durante todo ese tiempo estuve mirándola mientras buscaba un nombre para esa pátina que permanece sobre las mujeres a las que amamos cuando el tiempo ha pasado, y con las que nunca realmente rompimos, ni nos peleamos, y a las que nunca odiamos; no: sencillamente, nos separamos. No tendría que preocuparme mucho ahora que ya no me quedan nombres prácticamente para nada, pero la verdad es que tengo una cuenta pendiente con ese nombre, es algo que hace años que me rehúye. Cuando estoy a un soplo de atraparlo, se cuela por una grieta invisible de la pared. Entonces no hay manera de hacer que salga de ahí. Queda el aroma de una atracción sin nombre, y lo que no tiene nombre aflige.

Al final se estiró, colocó las hojas de papel en el suelo y se dio la vuelta de lado para mirarme bien. Todavía era hermosa, de eso no hay duda.

¿Dónde diablos la lleva?

Quería saber más cosas acerca del Padre y de la Esposa joven.

Le dije adónde la llevaba.

¿A un burdel?, preguntó ella, sin estar muy convencida.

Muy elegante, le contesté. Tienes que imaginarte un gran salón, inundado de luces discretas y cuidadosamente distribuidas, y muchas personas de pie o en los sofás, camareros en las esquinas, bandejas, cristales; podríamos haberlo tomado como una fiesta muy compuesta, pero la normalidad se veía rota por el hecho de que había tan poca distancia, a menudo, entre las caras: las manos soltaban gestos inapropiados, como el deslizarse de la palma por debajo del dobladillo de una falda, o los dedos llevados a jugar con un rizo, con un pendiente. Eran detalles, pero desentonaban con todo lo demás, y nadie parecía darse cuenta, o que eso le molestara. Los escotes no ocultaban, los sofás se inclinaban hasta posiciones resbaladizas, los cigarrillos viajaban de boca en boca. Se diría que cierta urgencia había llevado hasta la superficie vestigios de una falta de pudor que por regla general yacía enterrada bajo las comodidades: una excavación arqueológica podría, de la misma manera, hacer reaparecer fragmentos de un mosaico obsceno en el suelo de una basílica. La Esposa joven se quedó deslumbrada por el espectáculo. Por el modo de levantarse de algunas parejas, y de desaparecer detrás de puertas que abrían para cerrarlas a continuación tras de sí, intuyó que el gran salón era un plano inclinado y el destino de todos esos actos un lugar distinto, laberíntico, escondido en algún lugar del edificio.

¿Por qué me ha traído aquí?, preguntó.

Es un sitio muy especial, dijo el Padre.

De eso me he dado cuenta. Pero ¿qué es?

Digamos que una especie de club.

¿Todas esas personas son reales?

No estoy seguro de haber entendido la pregunta.

¿Son actores?, ¿es un espectáculo?, ¿qué es?

Oh, si se refería a esto, no, absolutamente no. No es éste el objetivo.

Así que es lo que yo pienso.

Probablemente. Pero ¿ve usted a esa mujer que viene a nuestro encuentro, sonriendo, muy elegante?, eso es, estoy seguro de que será capaz de explicárselo todo y de hacer que se sienta cómoda.

La Mujer elegante llevaba una copa de champán entre sus dedos y, cuando llegó delante de ellos, se inclinó para besar al Padre, murmurándole algo secreto al oído. Luego se volvió hacia la Esposa joven.

He oído hablar mucho de ti, dijo, y luego se inclinó para besarla una vez, en una mejilla. Había sido, evidentemente, bellísima, de joven, y ahora no parecía tener la necesidad de demostrar nada más. Llevaba un vestido espléndido, pero que le llegaba hasta el cuello, y en el pelo lucía joyas que a la Esposa joven le parecieron trofeos antiguos.

Porque me imaginaba –le dije a L.– a esta Mujer elegante y a la Esposa joven sentadas en esa gran fiesta ambigua, pero en un pequeño diván algo alejado de los demás, matizado por la luz indirecta, discreta; casi encerradas en una burbuja suya especial, cercana a la alegría imprudente de los demás, pero soplada en el vidrio de sus palabras. Siempre las vi tomándose algo, vino o champán, y sé que de vez en cuando echaban un vistazo a su alrededor, pero sin ver. Sé que a nadie se le habría pasado por la cabeza acercarse a ellas. La Mujer elegante tenía una tarea que realizar, pero no tenía prisa, y una historia que relatar, pero con prudencia. Hablaba lentamente y pronunciaba el nombre de las cosas sin incomodidad, porque eso formaba parte de su oficio.

¿Qué oficio?, me preguntó L.

La Mujer elegante se rió con una hermosa risa, cristalina. ¿Cómo que qué oficio, chiquilla? El único que puede desempeñarse aquí.

¿Cuál?

Los hombres pagan por acostarse conmigo. Simplifico un poco, por supuesto.

Intente no simplificar.

Bueno, también pueden pagar por *no* acostarse conmigo, o para hablar mientras me tocan, o mirar cómo me follan, o para ser mirados, o...

Lo entiendo, está bien así.

Me lo has pedido tú, que no simplificara.

Sí, es verdad. Increíble.

¿Qué es increíble, querida?

Que haya mujeres que tengan un oficio así.

Oh, no sólo mujeres, es algo que también hacen los hombres. Si observas con un poco de atención a tu alrededor, verás a algunas damas de cierta frescura que parecen gastar su dinero con incauta originalidad. Allí al fondo, por ejemplo. Pero también esa chica, esa alta, la que está riéndose. El hombre con quien se ríe no está mal, ¿verdad? Puedo asegurarte que ella se lo está comprando.

Dinero.

Dinero, sí.

¿Cómo acaba alguien haciendo el amor *por dinero?*

Oh, hay muchas maneras.

¿Por ejemplo?

Por hambre. Por aburrimiento. Por casualidad. Porque tienes talento. Para vengarte de alguien. Por amor a alguien. Tan sólo hay que elegir.

¿Y no es terrible?

La Mujer elegante dijo que ya no lo sabía. Tal vez, afirmó. Sin embargo, agregó que sería estúpido no entender que había algo muy intrigante en hacer de puta, y ésta es la razón por la que, sentado delante de L., que me miraba echada de costado en el sofá, acabé preguntándole si nunca se le había ocurrido pensar que había algo muy intrigante en hacer de puta. Me respondió que sí, que se le había ocurrido pensarlo. Luego nos quedamos en silencio un buen rato.

Por ejemplo, desnudarse para alguien a quien no conoces, dijo, debe de ser algo bonito. O también otras cosas, dijo.

¿Qué cosas?

Se lo pregunté porque me acordaba de ese hermoso rasgo suyo: no le daba vergüenza nombrar las cosas.

Me miró largo rato, estaba buscando un límite.

Los minutos de antes, o las horas, mientras esperas. Sabiendo que estás a punto de hacerlo, pero sin saber con quién lo harás.

Lo dijo lentamente.

Vestirte sin vergüenza.

La curiosidad, descubrir cuerpos a los que nunca habrías elegido, cogerlos, tocarlos, poder tocarlos.

Permaneció un rato en silencio.

Mirarte en el espejo, mientras tienes encima a un hombre al que nunca habías visto.

Me miró.

Hacer que se corran.

Sentirse terriblemente hermosas, dijo la Mujer elegante. ¿Te ha ocurrido alguna vez?

Una vez, una mañana, dijo la Esposa joven.

Tal vez incluso sentirse despreciadas, dijo L., pero no lo sé, tal vez. Tal vez me gustaría hacerlo con alguien que me desprecia, no sé, debe de ser una sensación fortísima y no es algo que en la vida te ocurra.

Y muchas otras cosas que en la vida no ocurren, dijo la Mujer elegante.

Pero ahora basta, dijo L.

¿Por qué?

Vamos a dejarlo, venga.

Continúa.

No, ahora basta, dijo la Mujer elegante.

Sí, dijo la Esposa joven.

Tengo una historia que contar. Se lo prometí al Padre.

¿De verdad tiene que hacerlo?

Sí.

Cuéntame una historia, mejor, dijo L.

Era la historia del Padre.

Quien iba a ese burdel dos veces al mes, por exigencias médicas sobre todo, con el propósito de desfogar humores del cuerpo y de proporcionar cierto equilibrio al organismo. Raras veces el asunto traspasaba los límites emocionales de una medicación doméstica, consumada en el placer de la conversación y con un aseo de ceremonia del té. No faltaban tampoco los momentos en que a la enfermera de turno le tocó reprender al Padre con garbo –*Definitivamente hoy hemos decidido dejarnos llevar por la pereza, ¿eh?*– y esto lo decía sosteniendo entre los dedos su miembro, con gran maestría pero escasos resultados. Entonces se suspendía la conversación y la enfermera aferraba una mano del Padre para metérsela entre sus muslos; en otras ocasiones se descubría un pecho y se lo ofrecía, en sus labios. Esto era suficiente para resituar el procedimiento a su propósito y conducir al Padre hasta el amplio delta de un orgasmo compatible con la inexactitud de su corazón.

Si esto puede parecer molestamente aséptico, cuando

no incluso cínico, o exageradamente médico, cabe recordar, de todas formas, que en los albores de todo esto, muchos años antes, esta historia había sido, por el contrario, una historia de pasiones feroces –dijo la Mujer elegante a la Esposa joven– y de amor, y de muerte, y de vida. Tú no sabes nada del Padre del Padre, le dijo, pero entonces todo el mundo lo conocía, porque era un hombre que se recortaba gigantesco en el panorama prudente de estas tierras. Fue él quien inventó la riqueza de la Familia, quien acuñó la leyenda y convirtió en inmutable la felicidad. Fue el primero en no tener nombre, porque la gente, toda la gente, se refería a él como *el Padre,* intuyendo que no era únicamente un hombre, sino un origen, un inicio, un tiempo antiguo, la hora sin precedentes y la primera tierra. Antes de él tal vez no hubo nada, y por eso era para todo el mundo, y de todas las cosas, *El Padre*. Era un hombre fuerte, calmado, sabio y de una encantadora fealdad. No hizo uso de su juventud, porque la necesitaba para inventar, para construir, para luchar. Cuando llegó a los treinta y ocho años levantó la cabeza y vio que lo que había imaginado ya estaba hecho. Entonces se marchó a Francia y no dio ninguna noticia de sí mismo hasta que, unos meses más tarde, regresó a casa llevando consigo una mujer que tenía su edad y no hablaba nuestro idioma. Se casó con ella, negándose a hacerlo en la iglesia, y un año más tarde ella murió mientras daba a luz a un hijo que toda su vida iba a llevar, en su memoria, una inexactitud en el corazón: hoy tú le llamas *el Padre*. El luto duró nueve días, no duraron más la consternación y la zozobra, ya que el Padre del Padre no creía en la infelicidad, o aún no había entendido qué propósito tendría. Así, todo volvió a ser como antes, con el añadido imperceptible de un niño y otro, más visible, de una promesa: dijo el Padre del Padre que nunca más volvería a amar ni a casarse con ninguna otra mujer en el mundo. Tenía, por entonces, treinta y nueve años, estaba en la plenitud de su fortaleza, de su misterio y de su encantadora fealdad: a todo el mundo aquello le parecía un desperdicio, y a él tampoco se le escapó el peligro de una insensata renuncia al deseo. De manera que se marchó a la ciudad, compró una mansión retirada pero suntuosa, e hizo que le construyeran, en la última planta, un lugar idéntico a aquel en el que conoció, en París, a la mujer francesa. Mira a tu alrededor y lo verás. No ha cambiado prácticamente nada desde entonces. Me imagino que una pequeña parte de la riqueza a la que accederás con tu matrimonio procede de aquí. Pero al Padre del Padre no era el aspecto económico de la cuestión lo que le interesaba. Dos veces al mes, durante veintidós años y siempre los jueves, entraba por esa puerta porque se había comprometido consigo mismo a llevar hasta la muerte un corazón que no admitiera el amor y un cuerpo que no aceptara las privaciones. Dado que era *el Padre,* no se había imaginado hacerlo de otro modo que no fuera en un marco lujoso y en un ambiente de fiesta colectiva y permanente. Durante todo ese tiempo, las mujeres más ricas, más ambiciosas, más solas o más bellas de la ciudad intentaron en vano apartarlo de su promesa. Era un asedio que le resultaba agradable, pero era inabordable detrás de las murallas de sus recuerdos y escoltado por el fulgor de sus putas. Hasta que una chiquilla se obsesionó con él. Poseía una belleza resplandeciente y una inteligencia impredecible, pero lo que la hacía peligrosa era algo más intangible y desconocido: era libre, y lo era con tal ilimitada naturalidad que la inocencia y la fiereza eran en ella indistinguibles. Probablemente empezó a desear al Padre del Padre incluso antes de verlo: quizá la atrajo el desafío, sin duda le agradó dedicarse a una leyenda. Sin titubeos, hizo un movimiento sorprendente, que a ella le pareció meramente lógico: vino a trabajar aquí y lo esperó. Un día él la escogió, y a partir de ese día la eligió solamente a ella. Duró largo tiempo: durante todo ese tiempo nunca se vieron ni una sola vez fuera de aquí. Por eso al Padre del Padre debía de parecerle inviolada su fortaleza e intacta su promesa: demasiado tarde se dio cuenta de que el enemigo ya había entrado y de que ya no existían ni promesa ni fortaleza. Tuvo la certeza absoluta al respecto cuando la chica le advirtió, sin azorarse, que esperaba un hijo. Es difícil saber si el Padre del Padre contempló la posibilidad de rediseñar su vida a partir de esa pasión tardía y de esa progenie inesperada, porque, si lo hizo, no le fue concedido el tiempo para decírselo a sí mismo y al mundo: una noche murió, entre las piernas de la chiquilla, en un movimiento de su vientre, en la penumbra de una habitación que desde entonces nadie ha vuelto a utilizar. Si oyes decir que fue una inexactitud del corazón lo que lo traicionó, tú finge que te lo crees. Pero fue, obviamente, la turbación, la sorpresa, tal vez el cansancio; sin duda alguna, el alivio de no tener que inventarse un final distinto. La chiquilla se quedó allí, con él entre sus piernas, acariciándole el pelo y hablándole en voz baja de viajes e inventores, durante todo el tiempo que fue necesario para enviar a alguien al campo para que avisara a la gente de la casa. Se hizo todo con una discreción aprendida de memoria, y esto es debido a que muchos hombres mueren en los burdeles, pero ningún hombre muere en un burdel, como es de sobra conocido. Por lo que todo el mundo sabía exactamente qué hacer y cómo hacerlo. Un momento antes del amanecer, llegó el Hijo. Hoy lo llamas el Padre, pero entonces tenía poco más de veinte años, y debido a la inexactitud de su corazón tenía fama de ser un chico impreciso, elegante y misterioso. En el burdel se le había visto pocas veces, y en esas pocas veces apenas se habían percatado de su presencia. Confiaba en una única mujer, una chica portuguesa que trabajaba por lo general para algunas señoras aburridas, muy ricas: le enviaban a sus hijas, para que aprendieran. Fue ella la que salió a su encuentro esa noche. Se lo llevó a una habitación, se acostó a su lado y le expuso lo que estaba a punto de ver, explicándole todas las cosas y contestando a todas sus preguntas. De acuerdo, dijo él. Se levantó y fue donde estaba su padre. En ese preciso momento, la Familia era poco más que una hipótesis, aferrada a la vida aún por nacer de un niño equivocado y a la vacilante salud de un muchacho. Pero nadie se había dado cuenta de qué clase de muchacho se trataba, y nadie podía saber que la intimidad diaria con la muerte le hace a uno astuto y ambicioso. Se sentó en una butaca, en un rincón de la habitación, y manteniendo sus dos manos presionadas sobre el corazón, para defenderlo, permaneció largo rato mirando la espalda pétrea de su padre y el rostro de esa chica que hablaba en voz baja, bien abierta de piernas para amparar a un hombre muerto. Se dio cuenta de que algo peregrino se había enroscado en el destino de la Familia, algo por lo que resultaba difícil separar el nacimiento de la muerte, la construcción de la destrucción y el desear del matar. Se preguntó si tenía sentido oponerse a la inercia del destino y se dio cuenta de que le bastarían diez minutos para hacer que todo acabara en ruinas. Pero él no había nacido, ni tampoco su madre había muerto, para eso. Se levantó e hizo que llamaran al fiel sirviente con el que había llegado, un hombre de irrepetible dignidad. Le dijo que el Padre había muerto en su casa, en su cama, a las tres cuarenta y dos de la noche, vestido con su mejor pijama y sin tiempo para pedir ayuda. Evidentemente, dijo el sirviente. Es probable que se trate de una inexactitud del corazón, dijo el Hijo. Eso es obvio, dijo el sirviente mientras se estaba acercando ya a la chiquilla y con una frase inolvidable –*¿Me permite?*– se inclinaba sobre el cuerpo del Padre. Con una fuerza insospechada lo levantó a peso entre sus brazos. Luego obró de forma que el cuerpo desapareciera del burdel invisiblemente, sin erosionar el placer y la fiesta que, entre esas paredes, eran y son una inflexible obligación, siempre. A solas con la chica, el Hijo se presentó. Le preguntó si sabía algo sobre él. Todo, respondió la chica. Bueno, esto nos permitirá ahorrar tiempo, señaló el Hijo. Luego le explicó que se casarían y que el niño que tenía en su seno lo había engendrado con él y que siempre sería su amado hijo. ¿Por qué?, preguntó la chiquilla.

Para poner de nuevo en orden el mundo, respondió.

Al día siguiente, ordenó que el duelo durara nueve días desde el día del entierro. El décimo día anunció su boda con la chiquilla, y el primer día de verano se celebró con inolvidable regocijo. Tres meses después la chica dio a luz, sin morir, un hijo varón, con el que pronto vas a casarte: desde entonces, todos la llamamos *la Madre*. En la casa que has conocido se convirtió en una mujer, de forma diligente, y es la luz que permite a ese hombre al que ahora todos llamamos el Padre vivir en la penumbra, mientras mantiene con fiereza en orden el mundo. Hay algo que los mantiene entrelazados, aunque, obviamente, la palabra amor no explique nada en este caso. Es más fuerte el secreto que comparten y la tarea que han elegido. Un día, cuando hacía ya un año que estaban juntos, sin compartir nunca una cama, se sintieron lo bastante fuertes como para desafiar juntos los dos miedos que se habían acostumbrado a asociar con el sexo: el de morir, él; el de matar, ella. Se encerraron en una habitación y no salieron hasta estar bien seguros de que si había un maleficio que pesaba sobre ellos, ya lo habían roto. Por eso existe la Hija, que fue concebida en esas noches: si el destino quiso que fuera lisiada y hermosa sin duda fue para escribir un mensaje cifrado que todavía nadie ha logrado comprender. Pero es sólo una cuestión de tiempo: tarde o temprano se sabrá. Cuando uno pone en orden el mundo, dice el Padre, no puede decidir a qué velocidad va a permitir éste que se haga. Quería que te contara esta historia, no sé por qué. Ya lo he hecho. Ahora no me mires así y acábate el vino, chiquilla.

Pero la Esposa joven se quedó inmóvil, con la mirada clavada en la Mujer elegante. Parecía estar escuchando, absorta, palabras que se habían quedado rezagadas por el camino y que ahora se amontonaban tardíamente, desprovistas de cualquier sonido. Instintivamente, las recibía con malestar. Se preguntaba qué le había sucedido a ese día para que se convirtiera en tan afeminado como para disolver todos los secretos y despedazar el don de la ignorancia. No entendía qué quería de ella esa gente, repentinamente ávida y generosa de verdades que le parecían arriesgadas. Sin pensárselo, soltó una pregunta, mordiendo las palabras.

Si es una historia secreta, ¿cómo es que la conoces?

La Mujer elegante no abandonó su ligereza.

Yo nací en Portugal, enseño sexo a las jovencitas de la buena sociedad, dijo.

Tú.

¿Necesitas alguna lección?

No necesito nada.

No necesitas nada, de acuerdo.

O tal vez una cosa.

Dime.

¿Te importaría dejarme un rato a solas?

La Mujer elegante no respondió. Se limitó a levantar la vista hacia la sala, pero como si la bajara sobre un tablero donde alguien había empezado una partida cuyo final ella estuviera en condiciones de predecir, sin la más mínima duda. Luego lo que hizo fue sacarse con cierta lentitud los espléndidos guantes de seda que llevaba, rojos y largos, por encima del codo, y colocarlos sobre el regazo de la Esposa joven.

Quieres quedarte a solas, dijo.

Sí.

De acuerdo.

La Mujer elegante se levantó, sin pesar, sin prisas, sin nada. Debía de haberse levantado de esa manera de muchos sofás, muchas camas, muchas alcobas, muchas vidas.

También se levantó L., pero no con la misma paz, no conocía la paz, que yo supiera. Se puso en pie y miró la hora.

Coño.

¿Tienes que marcharte?

Tendría que haberme marchado hace un montón de tiempo.

Te *marchaste* hace un montón de tiempo.

No en ese sentido, tonto.

Cuando te marchaste te olvidaste un paquete de cigarrillos en la cama, medio lleno. Lo llevé conmigo durante meses. De vez en cuando me fumaba uno. Luego se acabaron.

No lo intentes.

No lo estoy intentando.

Y deja de matarte en esta mierda de habitáculo que parece la guarida de un maníaco.

¿Te llamo un taxi?

No, tengo coche.

Se puso la chaqueta y en el reflejo de una ventana se colocó bien el pelo. Luego se quedó de pie un momento, mirándome, pensé que estaba decidiendo si marcharse con un beso, pero en realidad estaba pensando en otra cosa.

¿Por qué todo ese sexo?
¿Qué quieres decir?
En el libro, todo ese sexo.
Sexo casi siempre lo hay, en mis libros.
Sí, pero aquí es una obsesión.
¿Tú crees?
Lo sabes.
Obsesión parece un poco excesivo.
Tal vez. Pero evidentemente hay algo que te atrae en escribir sobre sexo.
Sí.
¿Qué?
Que es difícil.
L. se echó a reír.
Nunca cambiarás, ¿verdad?
Es lo último que dijo. Se marchó sin darse la vuelta siquiera, o despedirse, era algo que también hacía por aquel entonces, me gustaba.

Se ha marchado con belleza, sin darse la vuelta siquiera, o despedirse, pensó la Esposa joven mientras miraba a la Mujer elegante cruzando el salón. Me gusta. Quién sabe cuántas noches habrá que pasar para llegar a ser así. Y cuántos días malgastar, pensó. Años. Se sirvió más vino. Daba igual. La extraña soledad de quien está solo en medio de una fiesta como ésa. Mi soledad, se dijo en voz baja. Enderezó la espalda, echó hacia atrás los hombros. Ahora ordenaré mis pensamientos de nuevo y pondré en orden alfabético mis miedos, pensó. Pero entonces su mente se quedó inmóvil, incapaz de enfilar el camino angosto de los pensamientos: vacía. Tendría que haberse preguntado qué era lo que seguía perteneciéndole después de ese día de historias. Apenas lo intentó. Lo primero es que ya no tengo a nadie. Nunca he tenido a nadie, por tanto no cambia nada. Pero luego la mente se le quedaba vacía de nuevo, inmóvil. Un animal perezoso. Es mejor que todo el mundo lo sepa, que pueda por fin ser yo misma, para mí es mejor saber, se me habría quedado atravesado un padre en la garganta, toda la vida: mejor que la palmara, mejor ahora. Un día llegaré a comprender si lo maté yo, ahora soy demasiado joven, he de tener cuidado de no matarme yo misma. Adiós, padre, hermanos, adiós. Pero luego otra vez el vacío: ni siquiera era doloroso, era simplemente incorregible. Levantó la mirada hacia la fiesta que crepitaba a su alrededor y se dio cuenta de que era una sombra, con su vestido inapropiado, un movimiento indescifrable en los límites de la partida. No le importaba nada. Bajó la mirada y se quedó observando esos guantes rojos, de seda, largos, que tenía en el regazo. Era difícil afirmar si tenían algún significado. Se quitó la chaquetilla, quedándose con su traje ordinario, que dejaba los brazos al descubierto. Cogió los guantes y se los puso cuidadosamente pero sin propósito alguno, o apenas entreviendo consecuencias que le resultaban desconocidas. Le gustó encontrar para cada dedo un suave acomodo, y luego hacer subir la seda roja por la piel, hasta por encima del codo. Le sentaba bien aplicarse a un gesto inútil. Aquí podría aprender muchas cosas, se dijo. Quiero volver, tengo que vestirme de una forma diferente, tal vez el Padre me deje volver aquí. Me pregunto si la Hija habrá estado alguna vez aquí. Y la Madre, aquí, siendo una chiquilla, ¿qué clase de espectáculo sería? Glorioso. Se miró las manos: parecían manos que hubiera perdido y que ahora alguien le había devuelto. Con este vestido deben de parecer grotescas, pensó. No le importaba. Se preguntó qué le importaba en ese momento. Nada. Entonces se dio cuenta de que un hombre se había detenido, de pie frente a ella. Levantó la mirada: era joven, parecía educado y le estaba diciendo algo, probablemente algo brillante, sonreía. No estoy escuchándote, pensó la Esposa joven. Pero el hombre no se marchaba. No estoy escuchándote, pero es verdad: eres joven, no estás borracho, llevas una bonita chaqueta. Él seguía sonriéndole. Luego se inclinó con elegancia y le preguntó, de una manera bonita, si podía sentarse a su lado. La Esposa joven lo miró largo rato, como si tuviera que resumir toda una historia sin la cual no habría sido capaz de ofrecer una respuesta. Al final le permitió sentarse, sin una sonrisa. El hombre empezó a hablar de nuevo, y la Esposa joven se quedó observándolo sin escuchar ni una sola palabra: pero cuando él le ofreció la copa de champán que sostenía entre sus dedos, ella se la llevó a los labios, sin prevenciones. La miró atentamente, con aspecto de estar estudiando un enigma.

Si hay algo que no entiende, puede preguntar, dijo la Esposa joven.

No la he visto nunca aquí, dijo el hombre.

No, yo tampoco me he visto nunca aquí, le dijo. Ni siquiera ahora me estoy viendo, pensó.

El hombre tomó nota de la suerte de haber encontrado a una chica inexperta y limpia, una circunstancia que solía ser rara en ese tipo de juego y representaba un atractivo particular en sí mismo. Dado que sabía que a menudo se trataba de una habilidosa puesta en escena, se inclinó hacia delante para poner sus labios sobre el cuello de la Esposa joven y cuando ella de forma instintiva retrocedió, empezó a pensar que esa noche la suerte le estaba ofreciendo realmente una delicia que, siempre y cuando mediara un poco de paciencia, haría que su noche fuera memorable.

Le pido disculpas, dijo.

La Esposa joven lo miró.

No, dijo, no se preocupe por mí: hágalo otra vez, es que no me lo esperaba.

El hombre entonces se inclinó de nuevo hacia ella y la Esposa joven dejó que la besara en el cuello, cerrando los ojos. Pensó que el hombre sabía besar con gracia. Él levantó una mano para rozarle la cara, en una limpia caricia. Cuando se separó de ella, no alejó sin embargo la mano de su cara, sino que se demoró acariciándola hasta que con la punta de sus dedos llegó a rozarle los labios, que no se dio cuenta de estar observando, sorprendido: entonces el vestido de ella dejó de parecerle tan inexplicablemente inapropiado y dudó por un momento de su propia seguridad. Ella sabía por qué, y sorprendiéndose a sí misma cogió entre sus labios los dedos del hombre, los retuvo por un momento hasta quemarse y luego, girando la cabeza, alejó al hombre con un gesto cortés y le dijo que ni siquiera sabía quién era.

¿Quién soy?, preguntó él, sin dejar de mirarle los labios.

Si quiere puede inventar, dijo la Esposa joven.

Entonces él sonrió y se quedó un momento observándola en silencio, porque ya no estaba muy seguro de lo que le estaba sucediendo.

No vivo aquí, dijo.

¿Y dónde, entonces?

Nada, en otra parte, dijo él. Luego añadió que era un estudioso.

¿De qué?

Él se lo explicó y, sin entender siquiera por qué, lo hizo eligiendo cuidadosamente sus palabras y con el deseo de que ella realmente lo entendiera.

¿Se lo está inventando?, le preguntó.

No.

¿En serio?

Se lo juro.

Intentó besarla en la boca, pero ella se echó hacia atrás y en vez de concederle un beso le cogió una mano y se la puso sobre las rodillas, empujándola luego hasta el borde del vestido, pero de una manera indescifrable, que podía parecer un insignificante, un milimétrico movimiento escapado a una intención verdadera. Ni siquiera ella sabía, en ese momento, qué estaba buscando. Pero se dio cuenta de que en alguna parte, en su cuerpo, existía el absurdo deseo de ser tocada por la mano de ese hombre. No porque le gustara ese hombre, le resultaba indiferente: sentía más bien la urgencia de desechar algo de sí misma, y abrir las piernas para la caricia de ese hombre le pareció de entrada el camino más corto, o más sencillo. Lo observó con una mirada que no significaba nada. El hombre estaba callado. Luego llevó su mano bajo el vestido, con cautela. Le preguntó de dónde venía y quién era. Y la Esposa joven respondió. Mientras intentaba recordar hasta dónde subían las medias y dónde empezaría la piel bajo los dedos del hombre, empezó a hablar. Inesperadamente, oyó su propia voz, calmada, casi fría, que pronunciaba la verdad. Dijo que se había criado en Argentina y, sorprendiéndose incluso a sí misma, relató el sueño de su padre, la pampa, los rebaños de ganado, la casa grande en la nada. Le habló de su familia. No tenía sentido, pero se lo conté todo. Él, lentamente, con cierta elegancia, me acariciaba la rodilla, a veces manteniendo la palma de la mano quieta y moviendo sólo los dedos. Le dije que lo que había parecido fácil en Italia, allí resultó ser mucho más complicado, y casi sin darme cuenta me sorprendí confiándole por primera vez a alguien mi secreto, diciendo que en un momento dado mi padre tuvo que vender todo lo que poseía en Italia para continuar con su sueño. Era testarudo en sus ilusiones y valiente en sus errores, dije. Así que vendió todo lo que teníamos para pagar las deudas y empezar de nuevo un poco más hacia el este, donde el color de la hierba le pareció el más adecuado y las profecías de una maga le prometieron ilimitada y tardía suerte. El hombre escuchaba. Me miraba a los ojos, luego bajaba a mirarme los labios, yo sabía por qué. Empezó a subir con su mano por debajo del vestido y le dejé hacer, porque era, misteriosamente, lo que quería. Le dije que allí había unas reglas que no entendíamos, o tal vez no entendíamos la tierra, el agua, el viento, los animales. Había guerras antiguas a las que llegábamos los últimos, y una idea misteriosa de la propiedad, y un concepto escurridizo de la justicia. También una violencia invisible, que era fácil percibir, pero resultaba arduo descifrar. No recuerdo exactamente cuándo, dijo la Esposa joven, pero en algún momento tuvimos todos la certeza de que todo se estaba yendo al garete y de que si nos quedábamos allí un día más no habría forma de volver atrás. El hombre se agachó para besarla en la boca, pero ella se echó hacia atrás porque tenía que pronunciar el nombre de cierta verdad, y ésa era la primera vez que lo hacía en voz alta. Los hombres de la familia se miraron fijamente a los ojos, dijo, y el único que no bajó la mirada fue mi padre. De esa forma comprendí que nunca nos salvaríamos.

Sin dejar de acariciarme, el hombre me miró, tal vez intentaba averiguar si me importaba algo lo que estaba diciéndole. Me quedé en silencio, tan sólo lo observé con una gracia que sabía a desafío. Sentía su mano por debajo del vestido, entre las piernas, y se me ocurrió, de repente, que podía hacer con esa mano lo que quisiera. Es increíble cómo pronunciar una verdad que durante mucho tiempo se ha mantenido escondida nos hace arrogantes, o seguros, o no sé..., fuertes. Eché apenas la cabeza hacia atrás, cerré los ojos y sentí su mano ascender por mis piernas. Fue suficiente un pequeño suspiro para empujarla hasta donde las medias terminaban y notarla sobre la piel. Me pregunté si realmente era yo capaz de detenerla. De manera que abrí los ojos y dije con una voz absurdamente dulce que mi padre, por la noche, hacía exactamente ese mismo gesto, con su mano leñosa: se sentaba junto a mí, y mientras mis hermanos salían mudos de la habitación, se deslizaba exactamente de ese modo por debajo de mi falda, con su cansada mano leñosa. El hombre se detuvo. Regresó con la mano hasta la rodilla, pero sin un gesto brusco, simplemente como si ya hiciera rato que hubiera pensado hacerlo. Ya no era el padre al que había conocido, dijo la Esposa joven, era un hombre roto. Estábamos tan solos que el vuelo de un halcón representaba ya una presencia; o la llegada de un hombre por la cresta de la colina, un acontecimiento. Al decirlo era encantadora, hasta tal punto sus ojos se perdían en una oscura lejanía y su voz se remansaba. Así que el hombre se inclinó sobre ella, para besarla en la boca, en un acto en que ni siquiera él podría haber diferenciado entre la urgencia del deseo y la cortesía de un gesto protector. La Esposa joven se dejó besar, porque en ese momento estaba remontando la cuesta de la verdad, y cualquier otro gesto le resultaba indiferente; era otro el lugar al que se dirigía. Apenas sintió la lengua del hombre, no le importaba. Sintió, pero con una percepción periférica, que esa mano, por debajo del vestido, se acercaba a su sexo. Se separó de la boca del hombre y le dijo que al final la única solución que se encontró fue la de llegar a un acuerdo con algunas personas de allí, y esto significaba que tendría que casarse con un hombre al que apenas conocía. Ni siquiera era un hombre desagradable, sonrió la Esposa joven, pero yo estaba prometida con un chico al que amaba, aquí en Italia. Al que amo, dije. Me abrí de piernas un poquito y dejé que los dedos del hombre encontraran mi sexo. De manera que le dije a mi padre que no lo haría nunca, y que iba a marcharme, como estaba decidido desde siempre, para casarme aquí, y que nada me lo impediría. Respondió que así iba a arruinarlo. Dijo que si me marchaba él se mataría al día siguiente. El hombre abrió mi sexo, con los dedos. Le dije que me escapé de noche, con la ayuda de mis hermanos, y que no volví la vista atrás, hasta que por fin crucé el océano. Y cuando el hombre metió los dedos en mi sexo dije que mi padre, al día siguiente de mi fuga, se mató. El hombre se detuvo. Dicen que se cayó borracho a un río, añadí, pero sé que se disparó en la cabeza con su rifle, porque me había descrito con exactitud cómo iba a hacerlo y me prometió que no iba a sentir, en el último instante, ni miedo ni remordimientos. Entonces el hombre me miró a los ojos, quería saber qué estaba ocurriendo. Cogí su mano con dulzura y la saqué de debajo de mi vestido. Me la llevé a la boca y cogí sus dedos entre mis labios, un instante. Entonces le dije que le estaría infinitamente agradecida si fuera tan amable de dejarme sola. Me miró sin entender. Yo le estaría infinitamente agradecida si ahora fuera tan amable de dejarme sola, repitió la Esposa joven. El hombre formuló una pregunta. Por favor, dijo la Esposa joven. Entonces el hombre se levantó, por un reflejo instintivo de educación y sin comprender lo que le había pasado. Dijo una frase de circunstancias, pero luego se quedó de pie, para prolongar algo que no conocía. Al final dijo que ése no era el modo más adecuado de entretener a un hombre, en aquel lugar. No puedo negárselo y le ruego que acepte mis disculpas, dijo la Esposa joven: pero tranquilamente, sin sombra de arrepentimiento. El hombre se despidió con una reverencia. Muchas veces, más adelante, durante su vida, intentó olvidar ese encuentro, sin conseguirlo, o explicárselo a alguien, sin encontrar las palabras apropiadas para hacerlo.

Le quedan bien, dijo el Padre, señalándole los largos guantes rojos.

La Esposa joven se colocó bien un pliegue del vestido.

No son míos, dijo.

Lástima. ¿Nos vamos?

Regresaron en tren, solos de nuevo, el uno sentado delante de la otra, a la luz de un largo ocaso, y si pienso en ello ahora puedo recordar con todo detalle, a pesar de todos los años pasados, la intención con la que seguía mostrándome orgullosa: la espalda recta, sin apoyo alguno en el respaldo, luchando contra un cansancio inmenso. Era orgullo, pero de una clase que la sangre genera sólo en la juventud; lo une, por error, a la debilidad. Me mantenían despierta las sacudidas del tren y la duda de que una definitiva infamia se hubiera vertido, toda en un día, en el hueco de mi vida, como en una taza que ahora parecía imposible vaciar: a duras penas podía inclinarla lo suficiente para ver cómo se derramaba por los bordes el líquido opaco de la vergüenza; lo sentía fluir con lentitud, sin saber qué pensar. Si hubiera estado lúcida, si hubiera tenido mil vidas más, habría sabido en cambio que ese extraño día de confesiones y extravagancias me había dado una lección que luego me costó años, y muchos errores, aprender. En todos y cada uno de los detalles, lo que había hecho durante esas horas –y lo escuchado, y lo dicho, y lo visto– me estaba enseñando que son los cuerpos los que dictan la vida, todo lo demás es una consecuencia. En ese momento no podía creerlo, ya que como todo el mundo, en la juventud, esperaba algo más complejo o sofisticado. Pero ahora no conozco ninguna historia, mía o de los demás, que no se inicie en el movimiento animal de un cuerpo: una inclinación, una herida, un sesgo, a veces un acto brillante, a menudo instintos obscenos que vienen de lejos. Todo está escrito ahí. Los pensamientos vienen luego, y son siempre un mapa tardío, al que atribuimos, por convención y cansancio, cierta precisión. Probablemente era esto lo que el Padre tenía en mente explicarme, realizando ese gesto aparentemente absurdo de llevar a una chiquilla a un burdel. Visto con la distancia de los años, tengo que reconocerle una valerosa exactitud. Quería llevarme a un lugar donde fuera imposible defenderse de la verdad, e inevitable escucharla. Tenía que decirme que la trama de destinos en la que había trabajado durante años el telar de nuestras familias estaba tejida con un hilo primitivo, animal. Y que, por mucho que nos esforzáramos en buscar explicaciones más elegantes o artificiales, el origen de todos nosotros estaba escrito en los cuerpos, con caracteres grabados a fuego; ya fuera la inexactitud de un corazón, el escándalo de una belleza imprudente o la brutal necesidad del deseo. De manera que se vive en la ilusión de recomponer lo que el movimiento humillante, o espléndido, de un cuerpo ha desbaratado. En un último y espléndido, o humillante, movimiento del cuerpo morimos. Todo lo demás es una danza inútil, que bailarines maravillosos vuelven memorable. Pero lo sé ahora, no lo sabía entonces, y en ese tren me sentía demasiado cansada para comprenderlo, u orgullosa, o asustada, no lo sé. Me mantenía con la espalda erguida y eso era todo. Miraba al Padre: había regresado a sus rasgos de hombre de buen carácter, accesorio; permanecía con las manos la una en la otra, apoyadas en el regazo, y las observaba. De vez en cuando, aunque brevemente, levantaba la vista hacia la ventanilla. Luego volvía a mirar sus manos. Un espectáculo. La Esposa joven se dio cuenta de que encontraba a ese hombre, de repente, irresistible, bastaba con colocar lo que había sabido sobre él junto con la figura tranquila que ahora tenía enfrente. Se percató por primera vez de la espectacular capacidad con que el Padre sabía esconder la fuerza de que disponía, las ilusiones de las que era capaz y la ambición desmedida a la que estaba dedicando su vida. Un jugador profesional, que ganaba con cartas invisibles. Un fantástico tahúr. Vio en él una belleza que ni por un momento, antes de ese día, había llegado a sospechar. Le gustó esa soledad, en el tren en marcha, y el hecho de haber sido *ellos dos,* por un día. Tenía dieciocho años: se levantó, fue a sentarse junto a él, y cuando comprendió que no iba a dejar de mirarse las manos, apoyó la cabeza sobre su hombro y se quedó dormida.

El Padre lo interpretó como un gesto de resumen, el compendio de todo lo que podía haber llegado a pensar la Esposa joven respecto a lo que había descubierto ese día. Le pareció incluso de una inesperada exactitud. Por tanto, la dejó dormir y volvió de nuevo a lo que estaba haciendo: observarse las manos. Estaba recapitulando los actos realizados en ese día, extrayendo de ellos la cumplida satisfacción de un general que, tras cambiar la disposición de las tropas en el campo de batalla, hubiera obtenido un despliegue más adecuado al terreno y menos vulnerable a las invenciones del enemigo. Había, naturalmente, algunos detalles que ajustar, en primer lugar encontrar al Hijo que había desaparecido, pero la cosecha de ese día de grandes maniobras lo inclinaba al optimismo. Llegado a estas conclusiones, dejó de observarse las manos y levantando la mirada hacia la ventanilla se entregó a un rito de la mente al que hacía tiempo no había forma de dedicarse: revisar sus certezas. Tenía un determinado número, y de diferentes tipologías. Las mezclaba con placer infantil. Partió de la idea, sobre la que no albergaba dudas, de que en verano era aconsejable utilizar una crema de afeitar con aroma a cítricos. Luego continuó con la convicción, madurada a lo largo de los años, de que el cachemir no existía en realidad y continuó repitiéndose la obvia evidencia de la inexistencia de Dios.

Cuando se dio cuenta de que tenían que bajar, saltó hasta la última certeza de la lista, porque era la que más le importaba, la única que no le había confesado nunca a nadie y a la que reservaba la parte más heroica de sí mismo. No la pensaba nunca sin pronunciarla en voz alta.

No voy a morir de noche, lo haré a la luz del sol.

La Esposa joven levantó la cabeza de su hombro, viniendo de sueños lejanos.

¿Ha dicho algo?

Que tenemos que bajar, señorita.

Salieron de la estación y la Esposa joven seguía sin hablar, enredada en la telaraña de un complicado despertar. Modesto había ido a recogerlos y con una calesa los llevó para casa, dando noticia de las pequeñas novedades del día con un matiz de alegría en su voz: era praxis de la Familia, de hecho, que cualquier regreso, incluso el más previsible, acarreara alegría en las formas y alivio en los gestos.

Sólo cuando se bajaron de la calesa, y pocos pasos los separaban ya del umbral de la casa, la Esposa joven le pasó al Padre un brazo por la espalda y se detuvo. Infalible, Modesto continuó, sin darse la vuelta, y desapareció por una puerta lateral. La Esposa joven aferró el brazo del Padre, pero sin apartar la vista de la gran fachada clara que estaba a punto de tragárselos.

¿Y ahora?, preguntó.

El Padre ni se inmutó.

Haremos lo que hay que hacer, dijo.

¿O sea?

Qué pregunta. Vamos a irnos de vacaciones, querida.

No cuando la escribí, sino días después, mientras releía tumbado en el sofá, me percaté de esa frase que había escrito y empecé a mirarla de cerca. Si uno lo deseaba, se podría incluso intentar pulirla un poco más. Por ejemplo, *Será de día, a la luz del sol, cuando yo muera,* sonaba más redonda. También *Quiero morir a la luz del sol, y lo haré* podía quedar bien. Cuando sucede esto intento leer la frase en voz alta –en voz alta, por otra parte, la pronunciaba el Padre– y repitiéndola entonces, la escuché, y de repente fue como si no la hubiera escrito yo, sino que, en ese momento, la recibiera, traída hasta allí desde alguna desconocida lejanía. Es algo que a veces ocurre. El sonido era nítido; la postura, compuesta. *No voy a morir de noche, lo haré a la luz del sol.* No venía de mí, estaba allí y basta: así que me di cuenta de que estaba diciendo algo que yo no habría sido capaz de formular, pero que ahora reconocía sin incertidumbres. Me concernía. La leí de nuevo otra vez y comprendí, con toda sencillez, que lo que me cabía desear, dando por definitivo mi desconcierto, era efectivamente morir a la luz del sol, aunque *morir* fuera, sin duda alguna, un término un tanto precipitado; digamos *desaparecer*. Pero nunca de noche, esto me quedaba claro ahora. A la luz del sol. Estaba tumbado en el sofá, lo repito, y estaba realizando el único gesto que últimamente consigo hacer con seguridad y con buena capacidad de control, es decir, escribir un libro: pero de repente ya no estaba escribiendo, estaba *viviendo* –que es algo que desde hace tiempo pospongo hacer, precisamente, o por lo menos cada vez que me resulta posible–, si *vivir* es el nombre de ese rápido retorno a uno mismo que experimenté, sin previo aviso, mientras tumbado en el sofá leía en voz alta una frase que había escrito unos días antes y que ahora se me presentaba de nuevo, como procedente desde la lejanía, a la luz convincente de una voz que ya no era la mía.

Miré a mi alrededor. Las cosas, el orden, la penumbra.

La guarida de un maníaco, había dicho L. Un poquito exagerada, como siempre. Y sin embargo...

¿Será posible que tenga que acabar así?

De vez en cuando –se habrá notado– se nos ocurre pensar: ¿será posible que tenga que acabar así?

Yo, por mi parte, hacía algún tiempo que no lo pensaba. Había dejado de hacerme preguntas. Se desliza uno hacia abajo, sin darse mucha cuenta, ensordecido por el dolor, y eso es todo.

Pero en ese momento lo pensé –*¿Será posible que tenga que acabar así?*– y me quedó claro que fuera cual fuera el destino de mi vivir, sin duda alguna era inadecuada la luz en que estaba esperando conocerlo, como absurdo era el paisaje en que permitía que se acercara, y demencial el estatismo que me había reservado en esa espera. Todo era inapropiado.

Sobre la pendiente que había tomado mi historia no me permitía juzgar. Pero en cuanto a la decoración, tenía algo que decir, eso era.

No voy a morir de noche, lo haré a la luz del sol.

Eso era lo que tenía que decir.

Honestamente nunca me habría esperado semejante regurgitación de empeño, e incluso ahora me sorprendo de que lo generara una frase leída en un libro (que se tratara además de un libro *mío* es un detalle sin duda alguna penoso). Lo que puedo decir es que me tomé el asunto al pie de la letra –no voy a morir de noche, lo haré a la luz del sol– porque hacía ya tiempo que había perdido las energías, o la fantasía, para procesar el asunto de manera simbólica, como sin lugar a dudas habría exigido de mí el Doctor (a quien, entre otras cosas, que le deba doce mil euros es algo deliberado), sin duda alguna espoleándome para traducir el término *luz* en un nuevo estado de ánimo y el término *noche* en la proyección de mis fantasmas ciegos: putadas. De forma más sencilla, resolví –y no disponiendo, como queda dicho, de las energías y la fantasía necesarias para una solución diferente– ir al mar. No, no exactamente; después de todo, no estoy tan desprovisto de energías y de fantasía. Pero es verdad que, en vez de imaginarme quién sabe qué, sólo pude volver hacia atrás, hasta una mañana de hace años y a un transbordador que, a la luz de invierno, me llevaba a una isla. Era en el Sur. El ritmo era perezoso, el mar estaba en calma. Si uno se sentaba en el puente, en el lugar apropiado, viajaba con el sol en los ojos, pero tratándose de una mañana de febrero, tan sólo se sentía bañado por la luz, y basta. Resultaba confortable el ruido acolchado de las máquinas.

¿Existirá aún?, me dije. Pensaba en el transbordador.

Se trataba de reconstruir algún detalle que ahora se me escapaba (¿qué isla?, por ejemplo), pero estamos hablando naturalmente de obstáculos insignificantes, y ésta es la razón por la que, con una determinación que incluso ahora me sorprende, me bajé del sofá para subirme a ese transbordador, a pesar de ser perfectamente consciente de la incierta serie de gestos que transitar de uno a otro iba a comportar (es admirable, en cambio, hasta qué punto, en la sencillez formal de una frase escrita, sofá y transbordador están prácticamente unidos: de ahí la primacía de la escritura sobre la vida, como no me cansaré nunca de repetir). Recuerdo haberme despedido de mi apartamento en unos veinte minutos, y, de un modo más general, de cierto sistema de certezas parciales y, en definitiva, de las tinieblas organizadas en que me había enterrado. Si uno tuviera idea de la insignificancia que resulta necesaria para desmantelarlas, no perdería tanto tiempo edificando defensas estratégicas contra las ofensas de la vida. Bastó con el tiempo suficiente para elegir unos pocos objetos que llevarme; se me ocurrió el número once.

Once objetos, por tanto; elegirlos fue una delicia. Lo hice mientras la Familia, en mi cabeza, navegaba con un ritmo muy similar hacia sus vacaciones, en un amplio movimiento colectivo que fue luego un placer fijar en la huella nítida de la escritura sobre la mesa de un minúsculo hotelito, el primero en la carretera hacia el Sur, durante la primera noche después de la eternidad. Teniendo que colocar las cosas bien ordenadas, empecé recordando cómo las vacaciones, para todos ellos, representaban una molesta costumbre que se resolvía en un par de semanas gastadas en las montañas francesas: no sé exactamente dónde, pero debo de haber dicho ya que, en general, eran interpretadas en clave de obligación y, por tanto, soportadas por todos con elegante resignación.

Para reducir al mínimo la molestia, se recurría a frágiles expedientes, el más curioso de los cuales era evitar hacer las maletas: ya comprarían luego todo en el lugar de destino. El único que poseía baúles, y se obstinaba en utilizarlos, era el Tío, al que le gustaba llevarse consigo, sin inútiles medias tintas, todo lo que tenía. Los preparaba él mismo: dado que lo hacía durmiendo, el asunto podía llevarle incluso semanas. Todos los demás, por el contrario, se aplicaban la mañana misma de la partida, apartando objetos de dudosa utilidad en pequeñas bolsas que luego, a menudo, olvidaban. Había ciertas constantes: la Madre, por ejemplo, no se marchaba nunca sin llevarse su almohada, postales que en viajes anteriores no había tenido tiempo de escribir, bolsitas de lavanda y la partitura de una canción francesa cuya última página había perdido. El Padre se empeñaba en llevarse consigo un manual de ajedrez, la Hija un álbum y pinturas al óleo (por razones misteriosas dejaba en casa las tonalidades que iban del azul celeste al azul marino). El Hijo, en la época en que aún no había desaparecido, desmontaba el reloj de las escaleras y se llevaba consigo las piezas, con la promesa de volver a montarlas durante las vacaciones. La suma final de semejante selección de objetos daba un número moderado de maletas y cierta cantidad de remordimientos: a menudo se hacía necesario dejar en casa valiosos fragmentos de la locura común.

De la casa se encargaba Modesto. Incluso en tales circunstancias, seguían siendo fieles a un protocolo cuya racionalidad, si es que existía, hundía sus raíces en un pasado que ahora carecía ya de explicaciones. Se cubrían todos los muebles con sábanas de lino, se llenaban las despensas con toda clase de alimento no perecedero, se cerraban todos los postigos, excepto los orientados al sur, se enrollaban las alfombras, se descolgaban los cuadros de las paredes, apoyándolos en el suelo (había una razón, pero se perdió), se dejaban descargar los relojes, se ponían flores amarillas en todos los floreros, se preparaba la mesa como para un desayuno de veinticinco personas, se quitaban las ruedas a todo lo que tenía ruedas y se tiraba toda la ropa que, durante el último año, no se hubiera llevado al menos una vez. Un cuidado especial estaba reservado al precioso ritual de dejar, dispersos por la casa, gestos interrumpidos: parecía ser una garantía segura de que iban a volverse para completarlos. Por eso las habitaciones, cuando ya había partido la Familia, ofrecían ante una mirada atenta una completa convulsión de acciones dejadas a medias: una brocha de afeitar enjabonada, partidas de cartas abandonadas en el mejor momento, barreños llenos de agua, frutas medio peladas, una taza de té aún por beber. En el atril del piano solía quedar abierta una partitura en la penúltima página, y una carta sin terminar se quedaba siempre sobre el escritorio de la Madre. En la pared de la cocina se colgaba una lista de la compra, en apariencia muy urgente; en los cajones se dejaban sin terminar finos trabajos de ganchillo, y sobre la mesa de billar se abandonaba una tirada sublime inexplicablemente aplazada. En el aire, si hubieran podido verse, aleteaban pensamientos inconclusos, recuerdos incompletos, ilusiones que perfeccionar y poemas sin final: se pensaba que la suerte podría verlos. Se completaba todo ello dejando, en el momento de la despedida, buena parte de las maletas olvidadas, por los pasillos; un gesto doloroso pero considerado decisivo. A la luz de tamaña dedicación, la posibilidad de que los peligros del viaje llevaran a cualquiera de ellos a no regresar a casa era considerada simplemente ofensiva.

No podía hacerse frente a todos estos cuidados sin que el asunto requiriera cierto tiempo. Así que la Familia se puso a preparar la partida con mucha antelación, encauzando apaciblemente el dictado cotidiano de las cosas al objetivo representado por EL DÍA DE LA PARTIDA. En la práctica, esto significaba que cada uno de ellos seguía haciendo exactamente las mismas cosas, pero añadiendo a cada gesto una ulterior precariedad, generada por la inminencia de la despedida, y arrancando a los pensamientos cualquier tono dramático residual, que quedaba inutilizado por la amnistía espiritual que estaba a punto de llegar. Sólo el Tío, como queda dicho, procedía a operaciones de largo aliento (preparar los baúles). Por lo demás, de hacer tangible la inminencia de EL DÍA DE LA PARTIDA se encargaba la actividad febril de la servidumbre, un pulpo del que Modesto era la cabeza y los sirvientes más insignificantes los tentáculos. El mandato era realizarlo todo con gran elegancia, pero sin innecesarios titubeos. Teniendo en cuenta que, por ejemplo, debido a una inexplicable costumbre, todas las almohadas de la casa eran recogidas y reunidas en un único armario, lo menos que podía sucederle a uno era verse robar de debajo del culo, con cierta clase, el delgado cojín que mullía el mimbre de las sillas, alrededor de la mesa de los desayunos: en tal caso, uno ni siquiera interrumpía la conversación, simplemente se levantaba lo mínimo, como por una repentina urgencia de liberar gases, y dejaba que el servicio cumpliera con su deber. Igual podían hacer que desapareciera un azucarero, los zapatos o, en casos particularmente dramáticos, habitaciones enteras: de repente uno descubría que el uso de las escaleras había sido suspendido. Así, mientras sus habitantes continuaban reubicando el plazo que les aguardaba, colocando EL DÍA DE LA PARTIDA en un futuro próximo, pero de límites inciertos, la casa avanzaba en cambio inexorablemente hacia la meta: de ello brotaba una especie de doble velocidad –una, la del espíritu; otra, la de las cosas– que abría por completo la calma de los días a la incursión de asimetrías surrealistas. Había gente que, sin pestañear, se sentaba a mesas que ya no estaban allí, huéspedes que llegaban con retraso a cosas que aún habían de suceder; espejos que, deslocalizados, reflejaban acontecimientos de horas antes; y ruidos que se quedaban en el aire, huérfanos de su origen, vagando por las habitaciones hasta que Modesto procedía a recolocarlos, provisionalmente, en cajones marcados luego con una cruz de pintura roja (en raras ocasiones, después del regreso, se acordaban de liberarlos, algo que prefería hacerse, como en un juego, en la época del Carnaval: entonces, a veces se presentaban amigos o conocidos que, tardíamente, pasaban a recoger una determinada frase, o un ruido corporal, que se habían perdido el verano anterior. El abogado Squinzi, por poner sólo un ejemplo, consiguió recuperar un eructo suyo del año anterior, en un cajón en el que, por sorpresa, también había encontrado una risa histérica de su esposa y el comienzo de una tormenta de granizo que, en su momento, hizo que subiera el precio de los melocotones. Don Giustelli, un óptimo siervo del Señor al que tuve la suerte de conocer y de tratar con frecuencia, me confesó en cierta ocasión que tenía por costumbre presentarse a la apertura de los cajones para hacer acopio de respuestas. ¿Sabe?, había un montón allí dentro, me dijo. Llegué a la convicción –tuvo la oportunidad de aclararme– de que durante el período que precedía a EL DÍA DE LA PARTIDA en esa casa muchas respuestas se perdían en las conversaciones, ya que se les prestaba mucha menos atención (a veces ninguna atención); en consecuencia, se perdían. Permanecían en el aire, esto era algo sabido, para luego terminar en los famosos cajones. Por regla general, añadía don Giustelli, en febrero se me había terminado ya mi provisión de respuestas, de manera que era comprensible que me resultara conveniente ir a recopilar unas cuantas a esos cajones, sin gastar ni un céntimo, además. Todas ellas unas respuestas de calidad excelente, subrayaba. En efecto, cuando quiso mostrarme algunas, tuve que convenir en que el nivel formal era casi siempre superior a la norma. Algunas eran espléndidamente sintéticas –*Nunca, para siempre*– y no faltaban las dotadas con cierta elegante musicalidad –*No por venganza, en todo caso por asombro, como mucho por azar*–. (Yo, personalmente, encontraba esas respuestas, de todas formas, *desgarradoras*. El hecho de que ya no se pudiera conectarlas con alguna pregunta era obviamente intolerable. No era un problema únicamente mío. Hace unos años, la hija menor de Ballard, entonces de unos veinte años, se presentó a la apertura de los cajones para recuperar un acorde de guitarra que la hiciera soñar el verano anterior, pero no llegó a encontrarlo porque se quedó atascada, mientras empezaba a abrirse paso entre los ruidos, en una respuesta que luego se llevó a su casa, en vez del acorde de guitarra, intuyendo con absoluta certeza que si no encontraba la pregunta a la que se refería iba a estallarle el cerebro. Los siguientes trece meses los ocupó interrogando a decenas de personas con la única intención, furiosa, de encontrar esa pregunta. Mientras tanto la respuesta, descansando en su mente, fermentaba de esplendor y de misterio. Al decimocuarto mes, empezó a escribir poemas; al decimosexto, su cerebro estalló. Destrozado por el dolor, su padre quiso comprender qué era lo que la había derrotado de esa manera. Le resultaba curioso que una chica tan inteligente pudiera dejarse derrotar por la desaparición de una pregunta en vez de por la dureza de una respuesta. Dado que era un hombre de un grandísimo sentido práctico y de un espléndido sentido común, venció a su propio dolor, se dirigió a Modesto y le preguntó si había oído en alguna ocasión esa respuesta.

Claro, dijo Modesto.

¿También se acuerda de la pregunta?, insistió el conde.

Naturalmente, dijo Modesto.

En realidad, no recordaba ni un carajo, pero era un hombre sensible, había leído muchos libros y deseaba sinceramente ayudar a ese padre.

¿Hasta cuándo habré de esperar para conocer las razones de vuestra felicidad y el propósito de vuestra desesperación?

El conde se lo agradeció, le dio una moderada propina y regresó a casa para informar. Su hija recibió la pregunta tan buscada con aparente calma. Al día siguiente, se retiró a un convento en las inmediaciones de Basilea. (Suyo sería, más tarde, el *Manual para jóvenes muchachas adormecidas,* que tanto éxito tendría, como se sabe, en los años previos a la guerra. Firmado con un seudónimo –Hérodiade–, proponía ejercicios espirituales cotidianos a jovencitas que carecían de una apropiada orientación intelectual o de cualquier clase de vigor moral. Por lo que yo recuerdo, fijaba preceptos cotidianos de naturaleza curiosa, pero fáciles de ejecutar. Cosas del tipo comer sólo cosas amarillas, correr en vez de caminar, decir siempre que sí, hablar con los animales, dormir desnudas, fingirse embarazadas, moverse a cámara lenta, beber cada tres minutos, ponerse los zapatos de otra persona, pensar en voz alta, raparse al cero, comportarse como una gallina del Friuli. Preconizaba que cada uno de esos ejercicios había de durar doce horas. Según la intención de la autora, esos singulares desempeños deberían servir para suscitar en las chicas la capacidad de disciplinarse y el placer de adquirir cierta independencia de pensamiento. Ignoro si los resultados estuvieron a la altura de las expectativas. Recuerdo claramente, sin embargo, que la autora, poco después de alcanzar el éxito, dio a luz a dos gemelos a los que llamó Primero y Segundo, y afirmaba haberlos concebido mediante la intercesión del Arcángel San Miguel. (Obviamente, paginitas como ésta van a parecerle al editor que se ocupará de ellas, dentro de unos meses, inútiles por completo y, por desgracia, poco funcionales en el curso del relato. Con su habitual educación, me sugerirá que las elimine. Sé ya que no voy a hacerlo, pero desde ahora mismo puedo admitir que no tengo más probabilidades que él de hacer las cosas correctamente. El hecho es que algunos escriben libros, otros los leen: Dios sabe quién está en la mejor situación para entender algo al respecto. ¿El corazón de una tierra se concede a quien la vio con fascinación adulta, por primera vez, o a quien nació allí? No se sabe. Todo lo que he aprendido al respecto puede resumirse en pocas líneas. Se escribe del mismo modo como se podría hacer el amor con una mujer, pero en una noche sin luz alguna, en la oscuridad más absoluta y, por tanto, sin verla en ningún momento. Luego, a la noche siguiente, los primeros que pasen por allí se la llevarán a cenar o a bailar, o a las carreras, pero comprendiendo desde el primer momento que no van a lograr ni rozarla siquiera, imaginaos pues llevársela a la cama. Les falta una pieza a todos, y raras veces el hechizo se concluye. En caso de duda, yo tiendo a fiarme de mi ceguera y a dar por buena la memoria de mi piel. Por eso ahora voy a cerrar cuatro paréntesis, y lo haré con calmada seguridad, acunado por este tren regional que me lleva hacia el Sur.)))) *Voilà.*

No hace falta decir que en semejante torbellino de asuntos acabó debilitándose la atención por los envíos ingleses, que, a su vez, habían ido espaciándose cada vez más, en una mengua que nadie, honestamente, sabía cómo interpretar. Llegó una pinta de cerveza irlandesa, es cierto, pero de forma episódica, hasta el punto de que luego hubo que esperar siete días antes de que volviera a presentarse un nuevo paquete, por otra parte de limitadas dimensiones y de discutible contenido: una vez abierto, se encontró un libro, usado, por si fuera poco. A duras penas la mayoría tomó nota de su llegada, olvidándolo de inmediato, aunque no lo olvidó la Esposa joven, que sin escuchar parecer alguno encontró la forma de recuperarlo y de quedárselo para ella, en secreto. No era un libro cualquiera: se trataba del *Quijote.*

Durante unos días lo mantuvo escondido en su cuarto y en sus pensamientos. Repetidamente se preguntó si no estaba arriesgándose a sobrevalorar una broma del azar, leyéndolo como un mensaje destinado a ella. Con mucha atención se puso a escuchar a su corazón. Luego le pidió al Padre una entrevista y, una vez obtenida, se presentó en su despacho a las siete de la tarde, cuando las obligaciones del día habían ya terminado y se anunciaba la tradicional estampida de la noche. Se había vestido bien. Habló de manera leve, aunque permaneciendo de pie y escandiendo cada palabra con gran seguridad. Le pidió permiso para no marcharse de vacaciones y quedarse en la Casa, esperando. Estoy segura, dijo, de que el Hijo está a punto de regresar.

El Padre levantó la vista de unos papeles que estaba ordenando y la miró, con sorpresa.

¿Quiere quedarse sola en esta casa?, preguntó.

Sí.

El Padre sonrió.

Nadie se queda en esta casa cuando partimos de vacaciones, dijo con serenidad.

Dado que la Esposa joven no se movió, el Padre estimó necesario recurrir a un argumento definitivo.

Ni siquiera Modesto se queda en esta casa cuando partimos de vacaciones, dijo.

Era, objetivamente, un argumento irrebatible; sin embargo, la Esposa joven no pareció especialmente impresionada.

Es que el Hijo está a punto de regresar, dijo.

¿De verdad?

Creo que sí.

¿Cómo lo sabe?

No lo sé. Lo siento.

Sentir es demasiado poco, querida.

Pero a veces lo es todo, señor.

El Padre se quedó mirándola. No era la primera vez que veía esa moderada desfachatez en ella, y en todas esas ocasiones no había podido abstenerse de quedarse fascinado. Era un rasgo inapropiado, pero podía sentir en él la promesa de una fuerza paciente que sería capaz de vivir, con la cabeza erguida, cualquier vida. Por eso, mirando a la Esposa joven firme en sus creencias, le pareció por un instante que podría ser una buena idea decírselo todo: advertirle de que el Hijo había desaparecido y confesarle que no tenía la menor idea de cómo resolver ese asunto. Luego lo detuvo la sospecha, asomándose desde la nada, de que allí donde había fracasado su aproximación racional al problema, podría tener éxito la ilimitada intensidad de aquella chica. En un instante de extraña lucidez, pensó que el Hijo de verdad iba a regresar tan sólo si le permitía a esa muchacha esperarlo *realmente*.

Nadie se ha quedado nunca en esta casa cuando nos marchamos de vacaciones, repitió, más para sí mismo que para la Esposa joven.

¿Es tan importante?

Creo que sí.

¿Por qué?

En la repetición de los gestos contenemos el mundo: es como llevar de la mano a un niño, para que no se pierda.

Pero es que a lo mejor no se pierde. A lo mejor sólo se echa a correr un poco, y es feliz.

Yo no me haría muchas ilusiones al respecto.

Y, además, tarde o temprano va a perderse, ¿no le parece?

El Padre pensó en el Hijo, en las muchas veces que lo había llevado de la mano.

Tal vez, dijo.

¿Por qué no se fía usted de mí?

Porque tiene usted dieciocho años, señorita.

¿Y qué?

Todavía tiene un montón de cosas que aprender, antes de pensar que tiene razón.

Está bromeando, ¿verdad?

Lo digo completamente en serio.

Usted tenía veinte años cuando tomó una esposa y un hijo al que no había elegido. ¿Alguien le dijo que no tenía edad suficiente para hacerlo?

El Padre, cogido por sorpresa, hizo un gesto vago en el aire.

Ésa es otra historia, dijo.

¿Usted cree?

El Padre hizo otro gesto indescifrable.

No, no lo cree, dijo la Esposa joven. Usted sabe que estamos todos inmersos en una única historia, que comenzó hace mucho tiempo y que aún no ha terminado.

Siéntese, por favor, señorita, me inquieta verla ahí de pie.

Y se llevó una mano al corazón.

La Esposa joven se sentó delante de él. Buscó dentro de sí una voz muy tranquila y muy dulce.

Usted no cree que pueda apañármelas, yo sola, en esta casa. Pero no tiene ni idea de lo grande y aislada que era aquella casa, en Argentina. Me dejaban allí, días y días. No tenía miedo entonces, así que no podría tenerlo ahora, créame. Sólo soy una chiquilla, pero he cruzado dos veces el océano, y una vez lo hice yo sola, para venir hasta aquí, y sabiendo que al hacerlo iba a matar a mi padre. Parezco una chiquilla, pero hace ya mucho tiempo que no lo soy.

Lo sé, dijo el Padre.

Confíe en mí.

Ése no es el problema.

Pues entonces, ¿cuál es?

No estoy acostumbrado a confiar en la eficacia de lo irracional.

¿Perdone?

Usted quiere quedarse aquí porque *siente* que el Hijo va a venir, ¿verdad?

Sí.

No estoy acostumbrado a tomar decisiones basadas en lo que *se siente.*

Tal vez no elegí la palabra apropiada.

Elija una mejor.

Lo sé. *Sé* que va a volver.

¿Basándose en qué?

¿Usted cree que conoce al Hijo?

Lo poco que se nos permite conocer a los hijos. Son continentes sumergidos: vemos únicamente lo que aflora sobre el agua.

Pero para mí no es un hijo, es el hombre al que amo. ¿Puede usted admitir que yo pueda saber algo más sobre él? No digo *sentir,* digo *saber.*

Es posible.

¿No le resulta suficiente?

Al Padre se le asomó de nuevo, como un destello, la duda de que bastaría con que permitiera que la chica lo esperara *realmente* para que el Hijo acabara regresando.

Cerró los ojos y, apoyando los codos sobre el escritorio, se llevó la palma de las manos a la cara. Con la punta de los dedos se repasaba las arrugas de la frente. Permaneció así largo rato. La Esposa joven no dijo nada, esperaba. Se estaba preguntando qué podría haber añadido para doblegar la voluntad de ese hombre. Por un momento pensó en hablarle sobre *El Quijote,* pero enseguida se dio cuenta de que eso sólo iba a complicar las cosas. No había nada más que pudiera decir, y ahora de lo que se trataba era sólo de esperar.

El Padre retiró las manos de su rostro y se colocó mansamente en la silla, echándose sobre el respaldo.

Como sin duda alguna le habrán hablado en la ciudad acerca de ese día, dijo, desde hace años me encuentro en la situación de dedicarme a una tarea que elegí yo y que, con el tiempo, he aprendido a amar. Me dedico con tesón a poner en orden el mundo, por así decirlo. No digo el mundo entero, obviamente, me refiero a esa pequeña parte del mundo que me ha sido asignada.

Hablaba con gran tranquilidad, pero buscando las palabras una a una.

No es una tarea fácil, dijo.

Cogió de la mesa un abrecartas y empezó a girarlo entre sus dedos.

Últimamente he llegado a la convicción de que voy a llevarlo a cabo sólo si hago un gesto del que puedo controlar una parte de los detalles por desgracia insignificante.

Levantó la vista hacia la Esposa joven.

Es un gesto que tiene que ver con morir, dijo.

La Esposa joven no movió ni un músculo.

De manera que a menudo me veo preguntándome si estaré a la altura, prosiguió el Padre. También he de tener en cuenta el hecho de que, por razones a las que no sabría dar una explicación convincente, me encuentro afrontando esta y otras pruebas en la más completa soledad, o al menos sin la segura presencia de una persona adecuada a mi lado. Es algo que puede pasarnos.

La Esposa joven asintió con la cabeza.

Por eso me preguntaba si no sería demasiado audaz por mi parte atreverme a pedirle un favor.

La Esposa joven levantó un ápice la barbilla, sin cambiar la mirada.

El Padre dejó el abrecartas sobre la mesa.

Ese día, cuando me enfrente a la urgencia de realizar ese gesto, ¿sería tan amable de estar a mi lado?

Lo dijo con frialdad, como si estuviera mencionando el precio de una tela.

También es posible, agregó, que cuando llegue ese día usted ya no esté en modo alguno en esta casa, y de hecho es razonable pensar que hará tiempo que me habré acostumbrado a no tener noticias suyas. Sin embargo, sabré localizarla, y haré que la llamen. No voy a pedirle nada en particular, será suficiente tenerla cerca de mí y conversar con usted, escucharla hablar. Sé que ese día tendré mucha prisa o mucho tiempo por delante: ¿quiere prometerme que me ayudará a pasar de la manera apropiada esas horas, o esos minutos?

La Esposa joven se rió.

Me está proponiendo un trueque, dijo.

Sí.

Usted me dejará sola en esta casa, si le prometo reunirme con usted ese día.

Exactamente.

La Esposa joven se rió otra vez, luego pensó algo y se puso seria de nuevo.

¿Por qué yo?, preguntó.

No lo sé. Pero *siento* que es justo que sea así.

Entonces la Esposa joven movió la cabeza, divertida, y recordó que nadie baraja las cartas mejor que un tahúr.

De acuerdo, dijo.

El Padre esbozó una reverencia.

De acuerdo, repitió la Esposa joven.

Sí, dijo el Padre.

Luego se levantó, rodeó el escritorio, caminó hacia la puerta y, antes de abrirla, se dio la vuelta.

A Modesto el asunto no le parecerá bien.

Puede quedarse él también, estoy segura de que le haría feliz.

No, eso ni pensarlo. Si quiere quedarse aquí, se quedará sola.

De acuerdo.

¿Tiene alguna vaga idea de lo que va a hacer en todo ese tiempo?

Claro. Voy a esperar al Hijo.

Es evidente, discúlpeme.

Se quedó allí, sin saber muy bien por qué. Había apoyado la mano en el tirador de la puerta, pero seguía estando allí.

No tenga miedo, volverá, dijo la Esposa joven.

La tradición exigía que partieran en dos coches que daban la nota. Nada particularmente elegante, pero la solemnidad de la circunstancia imponía un despliegue de *grandeur*. Por regla general, Modesto despedía la comitiva desde el umbral de la entrada, si bien ya dispuesto a marcharse él también, con la maleta descansando a su lado en el suelo: como cualquier capitán, consideraba su deber ser el último en abandonar la nave. Ese año, se encontró al lado a la Esposa joven y eso era debido a la variación que el Padre había anunciado de forma concisa, durante uno de los últimos desayunos, y que él había aceptado sin entusiasmo. El hecho de que pareciera preludiar el retorno del Hijo le había ayudado a soportar la molestia de la novedad.

De manera que estaban en el umbral, erguidos, la Esposa joven y él, cuando los dos automóviles se pusieron en marcha, restallando los pistones en acción, manos en el aire para saludar, y grititos varios. Eran dos hermosos vehículos, color crema. Recorrieron unos diez metros y luego se detuvieron. Pusieron la marcha atrás y de forma más bien elaborada regresaron. La Madre saltó con sorprendente agilidad y corrió hacia la casa. En el momento de pasar por delante de Modesto y de la Esposa joven murmuró de soslayo tres palabras.

He olvidado algo.

Luego desapareció en la casa. Salió de allí unos minutos después y, sin despedirse siquiera de los dos, corrió hacia los coches y saltó a bordo. Se la veía notablemente aliviada.

Así que los coches volvieron a partir, restallando como la primera vez, e incluso con más animación en los saludos definitivos y las alegres voces. Recorrieron unos diez metros y se detuvieron. Fue necesario de nuevo recurrir a la marcha atrás. Esta vez la Madre se bajó con algo de nerviosismo. Ganó con pasos decididos la distancia que la separaba de la entrada y desapareció en la casa murmurando cuatro palabras.

He olvidado otra cosa.

La Esposa joven se volvió hacia Modesto, lanzándole una mirada inquisitiva.

Modesto se aclaró la garganta con dos precisas contracciones de la laringe, una breve y la otra larga. La Esposa joven no estaba tan avanzada en el aprendizaje de esa escritura cuneiforme, pero intuyó vagamente que todo estaba bajo control y se quedó tranquila.

La Madre se subió de nuevo al coche, los motores dieron gas otra vez y en una burbuja de ruidosa alegría se despidieron definitivamente y sin pesar. En esta ocasión, antes de detenerse recorrieron algunos metros más. La maniobra de marcha atrás la hicieron con cierta desenvoltura, debida al aprendizaje.

La Madre regresó a la casa canturreando, en el más completo dominio de sí misma. Parecía tener las ideas claras. Pero cuando se encontró en el umbral, justo al lado de Modesto y de la Esposa joven, se vio sorprendida por un momento de reflexión. Se detuvo. Parecía estar centrándose en alguna reflexión tardía. Se encogió de hombros y dijo tres palabras.

Qué más da.

Luego se dio la vuelta y regresó hacia los vehículos, sin dejar de canturrear.

¿Cuántas veces lo hace?, preguntó seria la Esposa joven.

Por regla general, cuatro, respondió imperturbable Modesto.

Por tanto, no fue una sorpresa ver cómo los automóviles partían, se paraban al cabo de determinado número de metros, volvían atrás y escupían a la Madre, que esta vez recorrió el camino hacia casa aparentemente furibunda, y dando pesados pasos y blasfemando en voz baja una letanía ininterrumpida de la que la Esposa joven atrapó, de paso, un fragmento incierto.

Que se vayan todos a cagar.

O tal vez fuera *cantar,* no se le entendía bien.

Salió la Madre de la casa, después de una ausencia más larga que las anteriores, llevando en la mano un cubierto de plata, ondeándolo en el aire. No parecía menos furibunda que antes. Al pasar, la Esposa joven se percató de que la letanía había virado al francés. Le pareció reconocer con claridad la palabra *connard.*

Pero también podría ser *moutarde,* no se le entendía bien.

Tras lo cual Modesto levantó un brazo, esbozando un saludo, la Esposa joven comprendió que la ceremonia iba a concluir y entonces también ella, con sincera alegría y tal vez con un poco de aflicción, se puso a despedirse, agitando una mano en el aire, levantándose de puntillas. Los vio alejarse, en una nube de polvo y de emoción, y por un instante la venció la duda de si no se habría exigido demasiado a sí misma. Luego vio cómo los dos automóviles se paraban.

Oh, no, dejó escapar.

Pero esta vez no volvieron atrás, y no fue la Madre la que saltó del estribo. En medio del polvo se vio a la Hija corriendo hacia casa, con su paso renqueante, pero despreocupada y decidida, incluso hermosa en su prisa vagamente infantil. Fue a detenerse delante de la Esposa joven.

No irás a salir pitando de aquí, ¿verdad?, preguntó con voz firme.

Pero tenía brillantes los ojos y no era por el polvo.

Eso no se me ha pasado por la cabeza, dijo, sorprendida, la Esposa joven.

Vale, que quede claro que no vas a salir pitando de aquí.

Luego se acercó a la Esposa joven y la abrazó.

Se quedaron así por unos instantes.

Al regresar a los vehículos la Hija ya no tenía la prisa de antes. Se marchó arrastrando su paso infeliz, pero tranquila. Se subió al coche sin mirar atrás.

Entonces desaparecieron todos tras la primera curva y esta vez se marcharon de verdad.

Modesto dejó que la pedorreta de los dos coches se desvaneciera en la distancia del campo; luego, en el regular silencio de la nada, emitió un pequeño suspiro y levantó su maleta.

Le he dejado tres libros, escondidos en el baño. Tres textos de cierta notoriedad.

¿De verdad?

Como ya le he dicho, la despensa está llena de comida, conténtese con platos fríos y no toque la reserva de vino, salvo en el caso de que sea absolutamente necesario.

La Esposa joven hizo un esfuerzo por imaginarse cuál podía ser un caso de absoluta necesidad.

Le dejo mi dirección, en la ciudad, pero no quisiera que se equivocara. Se la dejo únicamente porque, si de verdad llegara a presentarse el Hijo, él tal vez me necesite.

La Esposa joven cogió el papelito, doblado en dos, que le estaba ofreciendo.

Creo que eso es todo, concluyó Modesto.

Decidió que en ese preciso momento empezaba sus vacaciones, de manera que se alejó sin dar los primeros pasos hacia atrás, como habría supuesto su número más glorioso. Se limitó a esbozar apenas una reverencia.

La Esposa joven dejó que se alejara unos pocos pasos, luego lo llamó.

Modesto.

¿Sí?

¿No le pesa tener que ser siempre tan perfecto?

No, al contrario. Me exonera de buscar otras finalidades a mis actos.

¿Qué quiere decir?

No tengo que estar preguntándome todos los días por qué vivo.

Ah.

Es un consuelo.

Me lo imagino.

¿Alguna pregunta más?

Sí, una.

Dígame.

¿Qué hace usted cuando ellos se marchan y cierran la casa?

Me emborracho, respondió Modesto con una imprevisible prontitud y despreocupada sinceridad.

¿Durante dos semanas?

Sí, todos los días, durante dos semanas.

¿Y dónde?

Tengo una persona que se ocupa de mí, en la ciudad.

¿Puedo atreverme a preguntar de qué tipo de persona se trata?

Un hombre simpático. El hombre al que he amado durante toda mi vida.

Ah.

Tiene familia. Pero se ha llegado al acuerdo de que en esos quince días venga a quedarse conmigo.

Muy práctico.

Más bien.

Así que no va a estar solo en la ciudad.

No.

Me alegro de ello.

Gracias.

Se miraron en silencio.

Nadie lo sabe, dijo Modesto.

Evidentemente, dijo la Esposa joven.

Luego le hizo un gesto con la mano, a pesar de que habría preferido abrazarlo, o incluso darle un beso, sencillamente, o algo semejante.

Él lo entendió, y le agradeció su compostura.

Se marchó de allí caminando quedamente, un tanto encorvado, y se alejó con prontitud.

La Esposa joven entró en casa y cerró la puerta tras de sí.

Fue un verano tórrido, el de ese año. Los horizontes evaporaban trémulos sueños. La ropa se pegaba a la piel. Los animales se arrastraban desmemoriados. Respirar representaba un esfuerzo.

Aún era peor en aquella casa, que la Esposa joven mantenía cerrada, con la idea de hacer que pareciera desierta. El aire se estancaba perezoso, durmiendo una especie de húmedo letargo. Hasta las moscas –por regla general, capaces, como se habrá observado, de un optimismo inexplicable– parecían poco convencidas. Pero a la Esposa joven no le importaba. En cierto modo, incluso le resultaba agradable moverse lentamente, con la piel perlada de sudor, los pies buscando el bienestar de la piedra. Puesto que nadie podía verla, a menudo iba desnuda por las habitaciones, descubriendo sensaciones extrañas. No dormía en su cama, sino por toda la casa. Se le ocurrió utilizar los lugares donde habitualmente veía dormir al Tío, y entonces los habitó uno tras otro, en sueños. Cuando lo hacía desnuda obtenía una agradable turbación. No tenía horarios, porque había decidido que la urgencia de sus deseos y la aséptica geometría de sus necesidades le dictaran el paso de los días. Por ello dormía cuando tenía sueño, comía cuando tenía hambre. Pero no hay que pensar que todo eso hiciera de ella un ser salvaje. Durante todos esos días mantuvo una meticulosa atención hacia sí misma; estaba, por otra parte, esperando a un hombre. Se cepillaba repetidas veces el pelo, pasaba largo rato delante del espejo, se quedaba en el agua durante horas. Una vez al día se vestía con la máxima elegancia, valiéndose de los vestidos de la Hija o de la Madre, y se sentaba resplandeciente en la gran sala, a leer. De vez en cuando la oprimía la soledad, o una incontrolable angustia, y elegía entonces un rincón de la casa en el que recordaba haber visto o vivido algo notable, e iba hasta allí para acurrucarse. Abría las piernas y se acariciaba. Como por arte de magia, todo se arreglaba. Era una extraña sensación tocarse sobre la butaca en la que el Padre le había pedido morir a su lado. También fue notable hacerlo en el suelo de mármol de la capilla. Cuando tenía hambre rescataba algo de la despensa y luego iba a sentarse a la mesa grande de los desayunos. Como ya se ha dicho, la tradición era dejar veinticinco servicios preparados, impecablemente brillantes, como si de un momento a otro una horda de huéspedes tuviera que llegar. La Esposa joven decidió en que cada ocasión comería en uno de esos sitios. En cuanto terminaba de comer, lo recogía todo, lo lavaba, le sacaba brillo, y dejaba el sitio vacío en la mesa, desaparecido el servicio. Así sus comidas eran como una lenta hemorragia en la que la mesa iba perdiendo sentido y vocación, progresivamente vaciada de toda joya y todo adorno: se abría paso el blanco cegador del mantel, desnudo.

Una vez, en medio de un sueño que no había buscado, la despertó la repentina certeza de que estar esperando a un hombre, sola, en esa casa, era un acto trágicamente inútil y ridículo. Estaba durmiendo, desnuda, sobre una alfombra que había desenrollado delante de la puerta del salón. Buscó algo con lo que taparse, porque sentía frío. Se puso por encima una sábana que cubría un sillón, muy cerca. Erróneamente, caminó hacia atrás con la mente por su vida, para encontrar algo que frenara esa extraña y repentina caída en el vacío. Sólo logró empeorar las cosas. Todo le pareció equivocado, u horrible. Desbaratada la Familia, grotesca su visita al burdel, veleidosas todas sus frases pronunciadas con la espalda erguida, empalagoso Modesto, loco el Padre, enferma la Madre, innobles esos sitios, indignante el final de su padre, desesperado el destino de sus hermanos, desperdiciada su juventud. Con una lucidez que sólo se tiene en sueños, comprendió que ya no poseía nada, que no era lo suficientemente hermosa para salvarse, que había matado a su padre y que la Familia le estaba robando, poco a poco, la inocencia.

¿Será posible que tenga que acabar así?, se preguntó, aterrada.

Sólo tengo dieciocho años, pensó con pavor.

Entonces, para no morir, fue a refugiarse donde sabía que iba a encontrar la última línea de resistencia ante la catástrofe. Se obligó a pensar en el Hijo. Aunque *pensar* es una palabra reductiva para definir una operación que sabía bastante más compleja. Tres años de silencio y de separación no eran fáciles de remontar. Se había sedimentado tanta distancia que para la Esposa joven el Hijo había dejado de ser, desde hacía tiempo, un pensamiento fácilmente accesible, o un recuerdo, o un sentimiento. Se había convertido en un lugar. Un enclave, hundido en el paisaje de sus sentimientos, que no siempre lograba encontrar de nuevo. A menudo partía para llegar hasta él, pero se perdía por el camino. Le habría resultado más sencillo si hubiera podido disponer de algún deseo físico al que aferrarse para escalar las paredes del olvido. Pero el deseo del Hijo –de su boca, de sus manos, de su piel– era algo a lo que no era fácil remontarse. Podía traer con claridad a la memoria ciertos instantes en los que lo había deseado de un modo incluso devastador, pero ahora, al observarlos, le parecía estar observando una habitación donde, en vez de colores, se hubieran colocado en las paredes unas hojitas de papel que llevaban escritos los nombres de los colores: índigo, rojo veneciano, amarillo arena. Turquesa. No era agradable admitirlo, pero era así. Y lo era aún más para ella, ahora que las circunstancias la habían llevado a conocer otros placeres, con otras personas, con otros cuerpos: no habían sido suficientes para borrar el recuerdo del Hijo, pero lo cierto era que lo habían colocado en una especie de prehistoria en la que todo sonaba tanto mítico como inexorablemente literario. Por eso, remontar las huellas del deseo físico no solía ser para la Esposa joven la mejor manera de encontrar el camino que llevaba al escondite de su amor. De cuando en cuando prefería repescar en la memoria la belleza de ciertas frases, o ciertos gestos; belleza en la que el Hijo era un maestro. La encontraba intacta, entonces, en el recuerdo. Y por un momento eso parecía restituirle el encanto del Hijo y llevarla de regreso al punto exacto al que se encaminaba su viaje. Pero era, más que nada, una ilusión. Se encontraba contemplando objetos maravillosos que, sin embargo, yacían en los relicarios de la lejanía, imposibles para el tacto, inaccesibles para el corazón. Así el placer de la admiración se mezclaba con el sentido desgarrador de una pérdida definitiva y el Hijo se alejaba todavía más, casi inaccesible, a esas alturas. Para no perderlo de verdad, la Esposa joven tuvo que aprender que en realidad ninguna cualidad del Hijo –o detalle, o sorpresa– le resultaba ya suficiente para colmar el abismo de la distancia, porque ningún hombre, por muy amado que sea, basta por sí solo para derrotar el poder destructor de la ausencia. Lo que la Esposa joven entendió fue que sólo pensando en ellos dos, juntos, era capaz de hundirse en su interior, hasta donde residía intacta la permanencia de su amor. Lograba entonces regresar a ciertos estados de ánimo, a ciertas formas de percibirse, que aún recordaba a la perfección. Pensaba en ellos dos, juntos, y podía sentir de nuevo algo de calor, o el tono de ciertos matices, incluso la calidad de cierto silencio. Una luz especial. Entonces le era dado encontrar otra vez lo que buscaba, en esa firme sensación de que existía un lugar donde el mundo no era admitido, y que coincidía con el perímetro dibujado por sus dos cuerpos, suscitado por su estar juntos y cuya anomalía lo convertía en inabordable. Si era capaz de acceder a esa sensación, todo volvía a ser inofensivo. Puesto que el desastre de toda vida alrededor, e incluso de la suya, ya no era una amenaza contra su felicidad, sino, en todo caso, el contrapunto que hacía aún más necesaria e inexpugnable la guarida que el Hijo y ella habían creado al amarse. Eran la demostración de un teorema que refutaba el mundo, y cuando lograba volver a esa convicción, todo miedo la abandonaba y una nueva seguridad, dulce, se apoderaba de ella. No había nada más delicioso en el mundo.

Echada en la alfombra, ovillada bajo esa sábana polvorienta, ése fue el viaje que hizo la Esposa joven, salvándose la vida.

Así que aún disponía completamente de su amor cuando, dos días después, delante de una mesa en la que habían quedado nueve servicios, y justo mientras se aprestaba a hacer desaparecer otro, oyó a lo lejos el ruido de un automóvil, primero incierto, luego cada vez más claro; lo oyó acercarse a la casa, detenerse allí y, al final, apagarse. Se levantó, lo dejó todo como estaba, sobre la mesa, y se fue a su habitación para arreglarse. Había elegido desde hacía tiempo un vestido para la ocasión. Se lo puso. Se cepilló el pelo y pensó que el Hijo nunca la había visto tan hermosa. No tenía miedo, no estaba nerviosa, no tenía preguntas. Oyó que el automóvil volvía a encender el motor y luego se alejaba. Bajó las escaleras y atravesó la casa con paso decidido, descalza. Cuando llegó a la puerta de entrada extendió sus hombros, como la Madre le había enseñado. Luego abrió la puerta y salió.

En la explanada vio varios baúles apoyados en el suelo. Los conocía. Sentado en el más grande –un gran animal de cuero oscuro, un poco rayado en un costado– vio al Tío, vestido igual que cuando partiera, e inmóvil. Dormía. La Esposa joven se acercó.

¿Ha pasado algo?

Dado que el Tío seguía durmiendo, se sentó a su lado. Se dio cuenta de que dormía con los ojos entreabiertos y que, de cuando en cuando, temblaba. Le tocó la frente. Estaba ardiendo.

Usted no está bien, dijo la Esposa joven.

El Tío abrió los ojos y la miró como si tratara de entender algo.

Es una suerte encontrarla aquí, señorita, dijo.

La Esposa joven negó con la cabeza.

Usted no está bien.

En efecto, dijo el Tío. ¿Le molestaría hacer un par de cosas por mí?, preguntó.

No, dijo la Esposa joven.

Entonces tenga la amabilidad de llenar la bañera con agua muy caliente. Tendría que abrir también el baúl amarillo, ese pequeño, y buscar en él una botella sellada, en cuyo interior hay un polvo blanco. Cójala.

Era una frase larga, y debió de agotarlo, porque se hundió de nuevo en el sueño.

La Esposa joven no se movió. Pensó en sí misma, en el Hijo y en la vida.

Cuando le pareció que el Tío estaba a punto de despertarse, se levantó.

Voy a buscar a un médico, dijo.

No, por favor, no lo haga, no es necesario. Sé de qué se trata.

Hizo una larga pausa y se echó un sueñecito.

Es decir, no sé de qué se trata, pero sé cómo se cura. Bastará con un baño caliente y ese polvo blanco, créame. Naturalmente, me sentará bien dormir un poco.

Lo hizo durante tres días, de manera casi ininterrumpida. Se había acuartelado en el pasillo de la primera planta, el de las siete ventanas. Se quedaba echado en el suelo de piedra, con la cabeza apoyada sobre una camisa doblada en cuatro. No comía, raras veces bebía. A intervalos regulares, la Esposa joven subía para colocarle al lado un vaso en el que había disuelto ese polvo blanco: lo encontraba cada vez en un punto diferente del pasillo, a veces acurrucado en un rincón, otras veces tendido bajo una ventana, compuesto, tranquilo, pero tembloroso: se lo imaginaba arrastrándose por la piedra, como un animal al que le hubieran partido las piernas. De vez en cuando se detenía para mirarlo, sin decir nada. Bajo un traje empapado de sudor, intuía un cuerpo que parecía tener todas las edades, dispersas en los detalles, sin un diseño preciso: las manos de un chiquillo, las piernas de un anciano. Una vez le pasó los dedos por el pelo, marchito. Él no se movió. Con sorpresa, se percató de que pensaba, sin la más mínima turbación, que ese hombre tal vez se estaba muriendo: nada le pareció más inapropiado que intentar impedirlo. Volvió abajo y retomó su espera del

Hijo, con lo que parecía la misma intensidad y la misma belleza de siempre. Pero esa noche, cuando regresó a ver al Tío, él le apretó la muñeca, con extraña energía y, durmiendo, le dijo que se sentía tremendamente mortificado.

¿Por qué?, preguntó la Esposa joven.

Lo he estropeado todo, le dijo.

Y la Esposa joven se dio cuenta de que era verdad. Primero la sorpresa, luego el instinto de mostrarse útil, le habían impedido percibir que la llegada del Tío había estropeado algo perfecto y desviado un vuelo que volaba sin errores. Vio de nuevo todos sus gestos, magníficos, que no había dejado de realizar, y comprendió que desde la llegada de ese hombre habían ido pasando sin felicidad y sin fe. He dejado de esperar, se dijo.

Regresó abajo sin decir ni una palabra y empezó a caminar por las habitaciones, furiosa, al principio, luego desolada. Miró la puerta largo rato, hasta que comprendió con una inexorable lucidez que se había abierto para dar paso al hombre equivocado, en el momento equivocado, por razones equivocadas. Llegó a pensar que, de alguna forma misteriosa, el Hijo debía de haberse dado cuenta, mientras remontaba el camino que lo traía de regreso a casa: lo vio en el instante en el que dejaba una maleta en el suelo, dejaba marcharse un tren sin subirse a él, detenía un coche y apagaba el motor. No, por favor, no, le dijo. Te lo ruego, se dijo.

Cuando el Tío se presentó en la planta baja, al cabo de seis días, perfectamente afeitado y más bien elegante, con un traje de color tabaco, la encontró sentada en el suelo, en un rincón, con el rostro irreconocible. La miró sólo un instante, para dirigirse luego a la cocina, donde se quedó dormido. No comía desde hacía un montón de tiempo: lo hizo por fin, con cierta mesura, sin dejar de dormir. Luego bajó a la bodega y desapareció en ella durante dos o tres horas: fue el tiempo que le llevó elegir una botella de champán y otra de vino tinto. Regresó a la cocina, donde puso el champán en hielo. Sin reposar ni siquiera un momento, descorchó la botella de vino y la dejó airearse sobre la mesa. Molido por el ajetreo, se arrastró hacia el comedor y se dejó caer en una butaca, justo delante de la Esposa joven. Durmió unos diez minutos, luego abrió los ojos.

Mañana vuelven, dijo.

La Esposa joven hizo un movimiento con la cabeza. Podría incluso querer decir que no le importaba en absoluto.

Me preguntaba si tiene usted algún compromiso para esta noche, continuó el Tío.

La Esposa joven no dijo nada. No se movió.

Lo interpreto como un no, la informó el Tío. En ese caso sería un honor invitarla a cenar, si tal cosa no le supone una molestia o incluso zozobra.

Luego se durmió.

La Esposa joven se quedó observándolo. Se preguntó si lo odiaba. Sí, claro, lo odiaba: pero no más de lo que odiaba a todo el mundo. No le constaba que le hubiera quedado algo de dulzura, locura y belleza, en alguna parte, desde que se pusieron todos de acuerdo para saquearle el alma. ¿Podía hacer algo diferente, aparte de odiarlos? Si uno no tiene futuro, el odio es un instinto.

¿Adónde quiere llevarme?, preguntó.

Tuvo que esperar la respuesta unos diez minutos.

Oh, a ningún sitio. Pensaba cenar aquí, ya me ocuparé yo de todo. Le prometo algo de cierto nivel.

¿Usted cocina?

A veces.

¿Mientras duerme?

El Tío abrió los ojos. Se quedó mirando a la Esposa

joven largo rato. Era algo que no hacía nunca. Quedarse mirando a alguien largo rato.

Sí, mientras duermo, dijo, al final.

Se levantó, se echó una siestecita apoyado en el aparador; a continuación, se acercó a la puerta de entrada.

Creo que voy a ir a dar un paseo, dijo.

Luego, antes de salir, se volvió hacia la Esposa joven.

La espero a las nueve. ¿Le molestaría mucho aparecer con un vestido espléndido?

La Esposa joven no respondió.

Todavía puedo ver esa mesa preparada, la misma de los desayunos, pero que tenía ahora una elegancia esencial, con la simetría de los dos sitios, el uno frente al otro, y el blanco del mantel alrededor, irradiándose. La luz era la apropiada, meticuloso el orden de los cubiertos, impecable la alineación de los vasos. En los platos aguardaba una composición de alimentos que parecían elegidos por sus colores. Cinco velas, nada más.

El vestido que había elegido yo era irresistible. El mismo en el que había vivido y sudado en los últimos días, largo hasta los pies, poco escotado, sucio, ligerísimo. Pero por debajo me lo había sacado todo. No me preocupé de lo que podía verse desde fuera; me bastaba la sensación que tenía, muy simple: iba a una cena, desnuda. No me había lavado, había mantenido las manos que llevaba desde hacía días, y en los pies el polvo, la suciedad, el olor. Había llorado mil veces en mi cara, y ni siquiera la pasé por el agua. Pero con el pelo hice algo que a la Madre le habría gustado: lo cepillé durante todo el día, con cepillos perfumados; delante del espejo me lo recogí sobre la cabeza, ensayando mil arquitecturas para encontrar la más seductora y hacer pasar las horas. Elegí un moño alzado algo arrogante, pero inocente en la parte delantera, y complicado hasta sugerir la sospecha de algún truco. Podía soltármelo todo, en un instante, con un único y hábil movimiento del cuello.

De todo esto yo no sabía el porqué. Me había movido instintivamente, sin pensar. En ese momento nada podía resultarme más ajeno que la ambición de un propósito o la expectativa de algún resultado. El tiempo había sido sustituido por un calor infinito, todo saber, por una distraída indolencia; y todos mis deseos, por un inocuo dolor, sordo, debajo del corazón. Nunca he existido tan poco como en ese barco, que tranquilo parte la humedad hirviente de la noche, transportándome a mí y a mis once cosas a la blancura de una isla que nada sabe acerca de mí; poco o nada, yo, de ella. Desde tierra vamos a ser invisibles, ambos, en el tiempo de un pensamiento; para el mundo, desaparecidos. Pero envuelta en una descoordinada belleza a las nueve estaba allí, en un curioso homenaje a la exactitud que ahora, sinceramente, no llego a comprender. Oí al Tío trasteando en la cocina y luego lo vi llegar. Él tampoco se había cambiado, sólo se había quitado la chaqueta. Llegó con la botella de champán, helada, en la mano.

La comida está en los platos, dijo.

Se sentó a la mesa y se durmió. Apenas me había mirado. Empecé a comer; elegía los colores, uno a uno. En sueños, él bebía. Comía sin usar los cubiertos, me limpiaba los dedos en el vestido. Pero no sé por qué. De vez en cuando, sin abrir los ojos, el Tío me servía champán. No recuerdo haberme hecho preguntas sobre la absurda exactitud de ese gesto, o sobre su improbable puntualidad. Bebía, y nada más. Por otra parte, en aquella casa interrumpida, en el secreto de nuestras liturgias demenciales, asediados por nuestras poéticas enfermedades, éramos personajes huérfanos de cualquier clase de lógica. Yo seguía comiendo, él dormía.

No me sentía incómoda, me gustaba; precisamente porque era absurdo, me gustaba. Empecé a pensar que iba a ser una de las mejores cenas de mi vida. No me aburría, era yo misma, bebía champán. En un momento dado empecé a hablar, pero con lentitud, y sólo de tonterías. En sueños, el Tío, de cuando en cuando, sonreía. O hacía un gesto en el aire, con la mano. Estaba escuchándome, de alguna manera, y a mí me resultaba agradable hablar con él. Todo era muy leve, inalcanzable. No habría podido decir qué estaba viviendo. Era un sortilegio. Lo sentí cerniéndose sobre nosotros, y cuando en el mundo no hubo nada más, a excepción de mi voz, intuí que en realidad no estaba pasando nada de lo que estaba pasando, ni nunca iba a suceder. Por una razón que debía de derivarse de la absurda intensidad de nuestras derrotas, nada de lo que podíamos hacer, nosotros dos, en esa noche, iba a permanecer en el libro mayor de la vida. Ningún cálculo iba a tenernos en cuenta, ninguna suma saldría diferente de nuestro propio hacer, ninguna deuda sería saldada, ningún crédito sería cancelado. Estábamos escondidos en un pliegue de la creación, invisibles al destino y exentos de cualquier consecuencia. Así, mientras comía, con los dedos en los colores cálidos de esa comida ordenada con demencial esmero, supe con absoluta certeza que ese adorable vacío, sin ninguna dirección ni meta, exiliado de cualquier pasado e incapaz de cualquier futuro, tenía que ser, *literalmente,* el sortilegio en que ese hombre vivía, cada minuto, desde hacía años. Supe que era el mundo en el que había ido a zambullirse –inaccesible, sin nombres, paralelo a los nuestros, inmutable– y comprendí que esa noche había sido admitida allí en virtud de mi locura. Ese hombre debe de haber requerido mucho coraje para decidirse a imaginar una invitación como aquélla. O mucha soledad, pensé. Ahora dormía, delante de mí, y yo, por primera vez, sabía qué era lo que estaba haciendo realmente. Estaba traduciendo la intolerable lejanía que había elegido para sí en una metáfora educada, legible por cualquiera: irónica, inofensiva. Porque era un hombre amable.

Me limpié los dedos en el vestido. Lo miré. Dormía.

¿Cuánto tiempo hace que no duerme?, pregunté.

Abrió los ojos.

Hace años, señorita.

Tal vez se conmovió, o fui yo quien se lo imaginó.

Lo que más echo de menos son los sueños, dijo.

Y se quedó con los ojos abiertos, despierto, mirándome. Había poca luz, no era fácil adivinar de qué color eran. Grises, tal vez. Con algo dorado. No los había visto nunca.

Todo esto está muy bueno, dije.

Se lo agradezco.

Tendría que cocinar más a menudo.

¿A usted le parece?

¿No había también una botella de vino tinto?

Tiene razón, perdone.

Se levantó, desapareció en la cocina.

Yo también me levanté. Cogí mi vaso y fui a sentarme en el suelo, en una esquina de la habitación.

Cuando regresó, se me acercó para servirme el vino, luego se quedó allí, de pie, sin saber muy bien qué hacer.

Póngase aquí, dije.

Era una butaca inmensa, uno de esos lugares en los que lo había visto dormir mil veces, mientras los desayunos discurrían fluviales. Pensando bien en ello, era la misma butaca desde la que había saludado mi regreso, con una frase que no había olvidado: *Usted debe de haber bailado mucho, señorita, por allí. Me alegro.*

¿Le gusta bailar?, le pregunté.

Me gustaba mucho, la verdad.

¿Qué más le gustaba?
Todo. Demasiado, tal vez.
¿Qué es lo que más echa de menos?
¿Aparte de los sueños?
Aparte de los sueños.
Los sueños, los que se tienen durante el día.
¿Tenía muchos?
Sí.
¿Y los hizo realidad?
Sí.
¿Y cómo es?
Es inútil.
No lo creo.
De hecho, no debe creerlo. Es demasiado pronto para creer, a su edad.
¿Y qué edad tengo?
Una edad pequeña.
¿Hay alguna diferencia?
Sí.
Explíquemela.
Algún día la descubrirá.
Quiero saberlo ahora.
No le sería de ninguna utilidad.
¿Otra vez con esa historia?
¿Con cuál?
Esa de que todo es inútil.
Yo no he dicho eso.
Ha dicho que es inútil hacer realidad nuestros sueños.
Eso sí.
¿Por qué?
Para mí fue inútil.
Cuéntemelo.
No.

Hágalo.

Señorita, tengo que rogarle verdaderamente...

Y cerró los ojos, echando la cabeza hacia atrás, en el respaldo. Parecía atraído por una fuerza invisible.

¡Oh, no!, le dije.

Dejé mi vaso, me levanté y me coloqué sobre él, con las piernas abiertas. Me encontré con mi sexo encima del suyo, no era lo que yo quería. Pero empecé a mecerme. Yo estaba con la espalda recta, me mecía lentamente encima de él, apoyé mis manos sobre sus hombros, lo miraba.

Abrió los ojos.

Por favor, repitió.

Me debe algo, tendré bastante con su historia, dije.

No creo que le deba nada.

Oh, sí.

¿De verdad?

No era usted quien tenía que regresar, era el Hijo.

Lo siento.

No pensará salirse con la suya de esta manera.

¿No?

Me lo ha estropeado todo, ahora quiero a cambio por lo menos su verdadera historia.

Miró el punto exacto en que me mecía.

Es una historia como tantas otras, dijo.

No importa, la quiero.

Ni siquiera sabría por dónde empezar.

Empiece por el final. El momento en que empezó a dormir y dejó de vivir.

Estaba en una mesa de un Café.

¿Había alguien con usted?

Ya no.

Estaba solo.

Sí. Me quedé dormido sin siquiera inclinar la cabeza.

Durmiendo me acabé mi pastís, y ésa fue la primera vez. Cuando me desperté y vi el vaso vacío, me di cuenta de que iba a ser así para siempre.

Qué diría la gente alrededor.

¿A qué se refiere?

Bueno, ¿los camareros no se acercaron a despertarlo?

El Café era un poco decadente, con camareros muy viejos. A esa edad se entienden muchas cosas.

Lo dejaron dormir.

Sí.

¿Qué hora era?

No lo sé, por la tarde.

¿Por qué acabó en ese Café?

Le he dicho que es una larga historia, no sé si tengo ganas de contársela, y además, usted se está meciendo encima de mí, y no entiendo por qué.

Para impedir que vuelva de regreso a su mundo.

Ah.

La historia.

Si se la cuento, ¿volverá a sentarse en el suelo?

Ni siquiera se me pasa por la cabeza, me gusta. ¿A usted no le gusta?

¿Cómo dice?

Le he preguntado si a usted le gusta.

¿El qué?

Esto, mis piernas abiertas, mi sexo que se frota contra el suyo.

Cerró los ojos, la cabeza se deslizó un poco hacia atrás, yo apreté mis dedos sobre sus hombros, abrió de nuevo los ojos, me miró.

Había una mujer, a la que amé muchísimo, dijo.

Había una mujer, a la que amé muchísimo. Tenía una hermosa manera de hacer todas las cosas. No hay nadie en el mundo como ella.

Un día llegó con un libro pequeño, usado, con la portada de un azul muy elegante. Lo hermoso es que había cruzado toda la ciudad para traérmelo, lo había visto en una librería de viejo, y entonces dejó todo lo que estaba haciendo para traérmelo de inmediato: hasta ese punto le parecía irresistible, y valioso. El libro tenía un título magnífico: *Cómo abandonar un barco*. Era un pequeño manual. Los caracteres de la portada eran nítidos, perfectos. Las ilustraciones, en el interior, estaban paginadas con infinito esmero. ¿Entiende usted que un libro semejante vale más que mucha literatura?

Tal vez.

¿No le parece al menos que tenía un título irresistible?

Tal vez.

No importa. Lo que importa es que ella vino con ese manual. Durante mucho tiempo lo llevé conmigo, hasta ese punto me gustaba. Era pequeño, cabía en el bolsillo. Iba a dar clase, lo colocaba sobre la mesa, y luego me lo metía de nuevo en el bolsillo. Leí un par de páginas, era bastante aburrido, pero ésa no era la cuestión. Era hermoso sostenerlo en la mano, hojearlo. Era hermoso pensar que por muy desagradable que pudiera ser la vida, yo tenía ese librito en el bolsillo y, a mi lado, a la mujer que me lo había regalado. ¿Puede entenderlo?

Pues claro, no soy tonta.

Ah, me olvidaba de lo más hermoso. En la primera página en blanco, había una dedicatoria, muy triste. Era un libro usado, ya se lo he dicho, y en la primera página había esta dedicatoria: *A Terry, tras su primer mes de estancia en el hospital de St. Thomas. Papá y mamá*. Uno puede fantasear durante días sobre una dedicatoria como aquélla. Era esa clase de belleza que yo encontraba desgarradora. Y que la mujer a la que amaba sabía entender. ¿Por qué le estoy contando todo esto? Ah, sí, el Café. ¿Está segura de que quiere que continúe?

Claro.

Pasó el tiempo, y en ese tiempo perdí a la mujer a la que tanto amaba, por razones que ahora no vienen al caso. Por otra parte, tampoco estoy seguro de haberlas entendido. De todos modos, yo seguía llevando...

Hey, un momento. ¿Quién dice que no vienen al caso?

Yo.

Hable por ella.

No, hablo en nombre de los dos; si no le parece bien, bájese de ahí y pídale al Hijo que le cuente la historia, cuando vuelva.

De acuerdo, de acuerdo, no hace falta que...

De manera que aquéllos fueron tiempos extraños, para mí: me parecía algo así como ser viudo, caminaba como los viudos, ¿sabe?, un poco aturdidos, con esos ojos de pájaro que no entiende bien las cosas. ¿Sabe lo que quiero decirle?

Sí, creo que sí.

Pero siempre con mi librito en el bolsillo. Era estúpido, habría tenido que tirar todo lo que la mujer a la que tanto amaba había dejado tras de sí, pero cómo puede uno hacer eso, es como un naufragio, permanecen flotando un montón de cosas, y de todo tipo, en casos semejantes. Uno no puede, verdaderamente, hacer limpieza alguna. Y a algo hay que aferrarse, cuando uno ya no es capaz de nadar. Por lo cual llevaba ese librito en el bolsillo, aquel día, en el Café, y mire que habían pasado ya meses desde que terminó todo. Pero yo lo llevaba en el bolsillo. Tenía una cita con una mujer, nada particularmente importante, no era una mujer especial, apenas la conocía. Me gustaba la forma en que vestía. Tenía una bonita risa, eso es todo. Hablaba poco, y allí, en el Café, aquel día, habló tan poco que me pareció todo terriblemente deprimente. Entonces saqué ese librito y empecé a hablarle de él, diciéndole que acababa de comprarlo. Encontró toda esa historia muy extraña, aunque de alguna manera curiosa; se soltó un poco, empezó a preguntarme cosas sobre mí, empezamos a hablar, le dije algo que la hizo reír. Fue mucho más sencillo, incluso agradable. Ella me pareció más bella, de vez en cuando nos inclinábamos el uno hacia la otra, nos olvidamos del resto de la gente de las otras mesas, estábamos nosotros dos, era delicioso. Luego ella tuvo que marcharse y pareció algo natural darnos un beso. Vi que desaparecía tras una esquina, con un caminar muy atractivo. Entonces bajé la mirada. Sobre la mesa estaban nuestros dos vasos de pastís, medio llenos, y el librito azul. Apoyé una mano en el librito y me chocó pensar en su ilimitada neutralidad. Había sido depositado sobre él tanto amor, tanto tiempo, tanta devoción, desde los días de Terry hasta los míos, y tanta vida, y de la mejor especie, y a pesar de todo él no era nada, no había mostrado la menor resistencia ante mi pequeña infamia, no se había rebelado, se había limitado a permanecer allí, disponible ante cualquier otra aventura, desprovisto por completo de un sentido permanente; ligero y vacío como un objeto que hubiera nacido en ese instante, en vez de haber crecido en el corazón de tantas vidas. Entonces comprendí por fin nuestra derrota, en todo su trágico alcance, y se apoderó de mí un cansancio inefable y definitivo. Tal vez me di cuenta de que algo se había roto, para siempre, dentro de mí. Sentí que me deslizaba a cierta distancia de las cosas y que nunca más sería capaz de remontar de nuevo ese camino. Me dejé llevar. Fue espléndido. Sentí que cualquier forma de ansiedad se disolvía en mí, y desaparecía. Me encontré en una luminosa serenidad, entreverada apenas de tristeza, y reconocí la tierra que había estado buscando desde siempre. La gente, a mi alrededor, vio que me dormía. Eso es todo.

No querrá hacerme creer que si duerme usted desde hace años es debido a una tontería como ésa...

Era sólo la última de una impresionante serie de tonterías de esa clase.

¿De qué clase?

La traición de las cosas. ¿Sabe de qué le estoy hablando?

No.

Es muy instructiva: ver cómo los objetos no cargan en sí nada del sentido que nosotros les damos. Basta sólo una circunstancia oblicua, un pequeño ajuste de la trayectoria, y en un momento son ya parte de otra historia distinta. ¿Cree usted que esta butaca será diferente por haber escuchado mis palabras o por haber acogido su cuerpo y el mío? A lo mejor, dentro de unos meses, alguien *morirá* en esta butaca, y por mucho que nosotros hagamos para que esta noche sea inolvidable, ella acogerá esa muerte, y punto. Lo hará lo mejor posible, y como si hubiera sido construida para eso. Tampoco reaccionará cuando, quizá una hora más tarde, alguien se deje caer sobre ella, y se ría con un chiste vulgar, o relate una historia en la que el fallecido quedará como un perfecto imbécil. ¿La ve usted, ve esa neutralidad infinita?

¿Tan importante es?

Claro. En el comportamiento de las cosas se aprehende un fenómeno que vale un poco para todo. Créame, es lo mismo para los lugares, las personas, incluso para los sentimientos, hasta para las ideas.

¿Qué quiere decir?

Tenemos esta fuerza increíble con la que damos sentido a las cosas, a los lugares, a todo: y, sin embargo, no somos capaces de fijar nada, todo se vuelve neutral de inmediato, objetos que tomamos prestados, ideas de paso, sentimientos frágiles como el cristal. Hasta los cuerpos, el deseo de los cuerpos: impredecible. Podemos fijarnos como meta cualquier trozo del mundo con toda la intensidad de la que somos capaces y ese trozo, una hora más tarde, es de nuevo recién nacido. Puedes entender algo, conocerlo hasta el fondo, y ese algo ya se ha dado la vuelta, no sabe nada de ti, tiene una vida misteriosa propia, que no tiene en cuenta lo que hayas hecho con ello. Los que nos aman nos traicionan, y nosotros traicionamos a quienes nos aman. No somos capaces de fijar nada, créame. Cuando era joven, intentando explicarme el dolor sordo que llevaba adherido sobre mí, llegué a la convicción de que el problema estribaba en mi incapacidad para encontrar mi camino; pero verá, en realidad uno camina mucho, e incluso con valentía, intuición, pasión, y cada uno lo hace por su camino correcto, sin errores. Pero no dejamos huellas. No sé por qué. Nuestro paso no deja huellas. Tal vez somos animales astutos, veloces, malvados, pero incapaces de marcar la tierra. No sé. Pero, créame, no dejamos huellas ni siquiera en nosotros mismos. Así que no hay nada que sobreviva a nuestra intención, y lo que construimos nunca se construye.

¿Lo cree de verdad?

Sí.

A lo mejor es algo que le concierne sólo a usted.

No lo creo.

¿También me afecta a mí?

Imagino que sí.

¿De qué manera?

De muchas maneras.

Dígame una.

Los que nos aman nos traicionan, y nosotros traicionamos a los que nos aman.

¿Qué tengo yo que ver?

Es lo que está pasando.

Yo no traiciono a nadie.

¿Ah, no? Y a esto, ¿cómo lo llama?

¿A qué se refiere con esto?

Lo sabe perfectamente.

Esto no tiene nada que ver.

Exactamente. No tiene nada que ver con su gran amor, no tiene nada que ver con el Hijo, no tiene nada que ver con la idea que tiene usted de sí misma. No hay huella de todo eso en los gestos que está haciendo en este momento. ¿No le parece curioso? Ninguna huella.

Me he quedado aquí para esperarlo, ¿esto no significa nada?

No lo sé. Dígamelo usted.

Nunca he dejado de amarlo, estoy aquí por él, él siempre está conmigo.

¿Está convencida?

Claro. No hemos dejado nunca de estar juntos.

Y, sin embargo, yo no lo veo aquí.

Está a punto de llegar.

Eso es lo que todo el mundo cree.

¿Y qué?

Tal vez podría interesarle la verdad.

La verdad es que el Hijo está a punto de llegar.

Me temo que no, señorita.

¿Qué sabe usted?

Sé que la última vez que lo vieron fue hace un año. Estaba subiéndose a un cúter, un pequeño barco de vela. Desde entonces, nadie ha sabido nada más de él.

Pero ¿qué diablos está diciendo?

Naturalmente, no era algo que pudiera comunicársele al Padre, con toda la crudeza, y de forma repentina. Por tanto se prefirió primero posponerlo y luego gestionarlo de una manera, digámoslo así, más gradual. Tampoco quedaba descartado, por otra parte, que el Hijo reapareciera de la nada, un día u otro. Ha dejado de mecerse, señorita.

Pero usted no.

Yo no, es cierto.

¿Por qué me cuenta estas mentiras? ¿Quiere hacerme daño?

No lo sé.

¿Son mentiras?

No.

Dígame la verdad.

Es la verdad: el Hijo ha desaparecido.

¿Cuándo?

Hace un año.

¿Y a usted quién se lo dijo?

Fue Comandini quien se encargaba del asunto.

Él.

Era el único que lo sabía, hasta hace unos días. Entonces vino a contármelo, poco antes de que nos marcháramos. Quería un consejo.

¿Y todas esas cosas?

¿Los dos carneros y todo lo demás?

Sí.

Bueno, la cosa se complicó un poco cuando usted llegó. Resultaba difícil ir dándole largas al asunto todavía mucho tiempo. Entonces a Comandini le pareció que una larguísima mudanza, infinita, podía hacer ganar un poco de tiempo.

¿Todas esas cosas las enviaba Comandini?

Sí.

No me lo puedo creer.

Era una forma de cortesía con respecto al Padre.

Locuras...

Lo siento, señorita.

Os voy a odiar a todos, con toda mi alma, para siempre, hasta el día en que el Hijo regrese.

El Tío cerró los ojos, sentí bajo mis manos que sus hombros cambiaban de peso.

Apreté los dedos.

No lo haga, le dije. No se vaya.

Abrió los ojos de nuevo, con la mirada vacía.

Ahora déjeme irme, señorita, se lo ruego.

No pienso hacerlo.

Se lo ruego.

No quiero quedarme aquí sola.

Se lo ruego.

Cerró los ojos, se estaba marchando hacia su hechizo.

¿Me ha oído?, no quiero quedarme aquí sola.

Tengo que irme, de verdad.

Me estaba hablando ya en sueños.

Entonces apreté una mano alrededor de su garganta. Abrió los ojos, estupefacto. Lo miraba fijamente, y esta vez era una mirada firme, tal vez malvada.

¿Adónde demonios cree que va a irse?, dije.

El Tío miró a su alrededor, sobre todo para escapar de mis ojos. O para buscar una respuesta en las cosas.

No voy a quedarme aquí, sola, dije. Usted se viene conmigo.

Vi sus párpados bajar, mientras respiraba un largo respiro. Pero sabía que no iba a dejar que se marchara. Sentía aún su sexo, debajo del mío, no había dejado ni un instante de bailar. Me saqué el vestido por la cabeza, con un gesto que no pudiera asustarlo. Abrió los ojos y me miró. Retiré las manos de sus hombros y me puse a desabrocharle la camisa, porque la Madre me había enseñado que era un derecho que me correspondía. No me incliné para besarlo, no lo acaricié, en ningún momento. Con un único movimiento del cuello, en un instante, me solté el pelo. Bajé hasta el último botón de la camisa y luego no me detuve. Seguía mirando al Tío a los ojos, no iba a dejar que regresara a su hechizo. Miraba mis manos, luego me miraba a los ojos, luego volvía a mirar mis manos. No parecía tener miedo, ni preguntas, ni curiosidad. Cogí su sexo con la mano, y por unos instantes lo sostuve firme, apretándolo con la palma, como algo que hubiera regresado desde lejos para recuperar. Adelanté mis piernas abiertas, y me volvió a la cabeza la bonita expresión de la abuela: la habilidad del vientre. Estaba a punto de entender su significado.

No lo haga con odio, dijo el Tío.

Bajé sobre él y lo acogí en mi interior.

No lo hago por amor, dije, y todo lo demás lo recuerdo pero me lo guardo para mí, de esa extraña noche pasada en una grieta del mundo, imposible de encontrar en el libro mayor de los vivientes, robada durante horas a la derrota y restituida al alba, cuando la primera luz se filtró a través de las persianas y yo, estrechando a ese hombre entre mis brazos, lo dormí, esta vez de verdad, y lo devolví a sus sueños.

Nos despertamos cuando ya era tarde. Nos miramos y supimos que no dejaríamos que nos encontraran así. El instinto de empezar de nuevo, siempre. Nos pusimos a reordenarlo todo, con rapidez; yo me cambié, él subió a su habitación. Se movía como nunca lo había visto, colocando sus gestos en fila con seguridad, los ojos vivos, los pasos elegantes. Se me ocurrió pensar que a la Hija le sería fácil amarlo.

No nos dijimos ni una palabra. Tan sólo, en un momento dado, le pregunté:

¿Y ahora qué va a hacer?

¿Y usted?, me respondió.

En el sol del mediodía alguien llamó a la puerta, de manera respetuosa pero firme.

Modesto.

Fue más o menos estando en este punto cuando se me olvidó mi ordenador en el asiento de un minibús. Un minibús que cruzaba la isla de norte a sur, escurriéndose por pequeñas carreteras sólo un poco más anchas que él. Lo hacía con milimétrica estulticia. En un momento dado bajé y olvidé el ordenador en el asiento. Cuando me di cuenta, el minibús había desaparecido. Era un buen ordenador, por otro lado. Dentro estaba mi libro.

Naturalmente, no habría sido difícil recuperarlo, pero la verdad es que lo dejé estar. Para entenderlo hay que tener en cuenta la luz, el mar de alrededor, los perros lentos al sol, cómo vive la gente de allí. El sur del mundo sugiere curiosas prioridades. Se tiene una aproximación particular a los problemas; resolverlos no suele ser el primer gesto que se le pase a uno por la cabeza. Por lo cual caminé un poco, me senté en un poyete, en el puerto, y luego me puse a contemplar los barcos que iban y venían. Me gusta que lo hagan todo lentamente, sea lo que sea. Si uno los mira de lejos, me refiero. Es una especie de danza, parece conllevar alguna forma de sabiduría o de solemnidad. También hay desencanto, a veces. Tal vez un matiz de renuncia, leve. Es el hechizo de los puertos.

Así que me quedé allí, y todo estaba bien.

Luego, por la noche, volví sobre el asunto del ordenador, pero sin ansiedades particulares, ni miedos. Podrá parecer extraño, dado que escribir en ese ordenador y construir mi libro era desde hacía meses la única actividad que era capaz de desarrollar con pasión suficiente e inalterado celo. Tendría que haberme cagado, eso es lo que tendría que haber hecho. En cambio, pensé, muy simplemente, que iba a seguir escribiendo, y que lo haría en mi mente. Me pareció incluso un epílogo natural e inevitable. La de los dedos en el teclado se me representó, de repente, una inútil aspereza, o un retorcido apéndice de un acto que podía ser mucho más ligero e inasible. Por otra parte, hacía ya tiempo que estaba escribiendo mi libro mientras caminaba, o cuando estaba echado en el suelo, o en la oscuridad de mi insomnio por la noche: en el ordenador, más tarde, apretaba los tornillos, le sacaba brillo con la cera, empaquetaba correctamente; todo ese repertorio de cuidados artesanales cuyo propósito, ahora, y para ser honesto, no recuerdo con exactitud. Debía de haber uno, sin duda. Pero se me ha olvidado. Tal vez no era tan importante.

También hay que tener en cuenta que, si uno nace para hacerlo, la escritura es un gesto que coincide con la memoria: lo que escribes, lo recuerdas. De hecho, por tanto, sería inexacto afirmar que había perdido mi libro, ya que, para decir cómo son las cosas, podía reproducirlo todo en voz alta o, si no todo, digamos que por lo menos las partes que importaban algo. A lo sumo, podía no recordar con precisión ciertas frases; pero también hay que decir que en el hecho de devolverlas a la superficie, desde el lugar al que se habían deslizado, acababa por reescribirlas en mi mente, de una forma muy cercana a la original, aunque no exactamente idéntica, con el resultado de producir una especie de desenfoque, o reverberación, o duplicación, donde maduraba espléndidamente lo que había imaginado que escribía. Porque, a fin de cuentas, la única frase que podría traducir con exactitud una intención particular de quien escribe nunca es una frase, sino la suma estratificada de todas las frases que antes han sido imaginadas, que luego se han escrito y que luego se han recordado: habría que colocarlas una sobre otra, transparentes, y percibirlas de forma simultánea, como un acorde. Es lo que hace la memoria, en su visionaria imprecisión. Así que, para ser objetivos, no sólo no había perdido mi libro, sino que en cierto sentido lo había reencontrado en su plenitud, ahora que se había desmaterializado retirándose a los cuarteles de invierno de mi mente. Podía llamarlo de nuevo a la superficie en cualquier momento con un esfuerzo apenas perceptible, apostado en algún escondrijo de mi cuerpo que no sabría precisar: reaparecía en un esplendor evanescente frente al cual el nítido orden de una página impresa delataba la fijación de una lápida sepulcral.

O, al menos, eso me pareció a mí, sentado allí, en un restaurante del puerto, aquella noche, en la isla. Soy un genio en hacer que me parezcan bien las cosas que han ido mal. Podría encontrar incluso los beneficios de permanecer encerrado en un ascensor el día de Navidad. Es un truco que aprendí de mi padre (ah, aún está vivo y de noche sigue transitando por su personal campo de golf de nueve hoyos). Tener algo que poder contar durante la comida de San Esteban, por ejemplo.

Pensaba en estas cosas y releía mientras tanto un poco del libro, lo reescribía aquí y allá, todo en mi cabeza: mientras mojaba mecánicamente el pan en la salsa de las albóndigas.

En un momento dado, un tipo gordo y feliz, sentado en una mesa cercana, él también solo, me preguntó si todo iba bien. Pensé que debía de haber hecho algo raro, lo cual era posible: cuando leo o escribo un libro en mi cabeza no controlo muy bien las otras partes del cuerpo. Aquellas que no es necesario que se dediquen al libro, me refiero. Qué sé yo, los tobillos.

Me salí de mi libro y le dije que todo iba a la perfección.

Estaba escribiendo, le dije.

Él asintió con la cabeza, como si se tratara de algo que le pasara también muchas veces, años antes, cuando aún era joven.

Ahora tendría unos sesenta.

Plácido y satisfecho de sí mismo, quiso informarme del hecho de que estaba allí, en el mar, porque se había hecho prescribir por un médico complaciente siete días de *balneoterapia*. No pueden decirme nada, señaló. Se refería a sus jefes, creo. Me explicó que con el término *balneoterapia* uno se instalaba prácticamente en un búnker. Que me envíen si quieren una inspección, dijo. Luego pasó a la política y me preguntó si Italia iba a salvarse.

Obviamente, no, si todo el mundo es como nosotros dos, le dije.

Aquello le resultó muy gracioso, debió de parecerle como el principio de una amistad, o algo semejante. Decidió que estábamos hechos el uno para el otro, luego se marchó. Tenía que regresar a casa un poco pronto porque al día siguiente sus vecinos lo habían invitado a comer berenjenas: la relación entre las dos cosas debía de parecerle tan evidente que no necesitaba más explicaciones.

Así que me quedé allí, y era el último. Ésa es otra cosa me gusta: hacer que cierren los restaurantes conmigo dentro, por la noche. Darme apenas cuenta de que han empezado a apagar las luces, a colocar las sillas sobre las mesas. Me gusta sobre todo ver salir a los camareros cuando se marchan para casa, pero vestidos de paisano, sin la chaqueta blanca o el delantal, repentinamente vueltos a la Tierra. Caminan de una forma un poco oblicua, parecen animales del bosque que se hayan escapado de un hechizo.

Esa noche, de todas formas, ni siquiera los vi. El hecho

es que estaba escribiendo. Ni siquiera recuerdo haber pagado la cuenta, para que se vea. Estaba escribiendo en mi mente: sobre cuando la Esposa joven se marchó. Tenía que suceder, tarde o temprano, y el día en que ocurrió todos fueron capaces de hacer los gestos oportunos, sugeridos por la educación y comprobados durante décadas de compostura. Se prohibieron las preguntas. Se evitó la banalidad de las recomendaciones. No les gustaba permitirse el sentimentalismo. Cuando la vieron desaparecer tras la curva, nadie habría sido capaz de decir adónde iba: pero el retraso bíblico del Hijo y la suspensión del tiempo que ese retraso había conferido a sus días los habían vuelto incapaces de preguntarse acerca de la relación que suele mantener unidas, por regla general, una salida y una llegada, una intención y una conducta. Así que la miraron marcharse como, en el fondo, la habían visto llegar: ignorantes de todo, sabedores de todo.

La Esposa joven fue a ubicar sus dieciocho años en el lugar que le pareció más apropiado y menos ilógico. Podrá parecer ahora sorprendente el resultado de semejante operación mental, pero hay que recordar que aquella chica nunca, ni por un momento, había dejado de aprender mientras habitaba en el mundo abstracto de la Familia. Así que ahora sabía que no existen muchos destinos, sino una única historia, y que el único gesto exacto es la repetición. Se preguntó dónde iba a esperar al Hijo, convencida de que iba a regresar, y adónde iba a regresar el Hijo, convencida de que iba a esperarlo para siempre. No tuvo dudas sobre la respuesta. Se presentó en el burdel, en la ciudad, y pidió permiso para vivir allí.

No es exactamente un oficio que se aprenda de un día para otro, dijo la Mujer portuguesa.

No tengo prisa, dijo la Esposa joven. Estoy esperando a una persona.

Cuando hacía cerca de dos años que se ganaba la vida de esa manera, alguien hizo que la llamaran en mitad de la noche. Estaba en la habitación con un viajante ruso, un hombre de unos cuarenta años, muy nervioso e insólitamente amable. En el mismo instante en que lo tocó por primera vez, la Esposa joven se había dado cuenta de que era homosexual y de que no sabía que lo era.

En realidad, lo saben perfectamente, le aclaró en cierta ocasión la Mujer portuguesa. Lo que ocurre es que no pueden permitirse decírselo.

Y, entonces, ¿qué esperan de nosotras?, preguntó la Esposa joven.

Que les ayudemos a engañarse.

Luego le desgranó siete trucos para hacerlos disfrutar y hacer que se marcharan de allí en paz consigo mismos.

Como más tarde la Esposa joven tuvo oportunidad de comprobar en repetidas ocasiones, se trataba de siete trucos infalibles: así que estaba deslizándose elegantemente hacia el primero de ellos cuando la llamaron. Dado que era regla ineludible del burdel no interrumpir por ninguna razón del mundo el trabajo de las chicas, comprendió que había ocurrido algo especial. Sin embargo, no pensó en el Hijo. No es que hubiera dejado de esperarlo, o de creer en su regreso. Al contrario: si alguna vez las había tenido, logró desterrar todas las dudas restantes el día en que, en el burdel, apareció, sin hacerse anunciar, Comandini. Preguntó por ella y se presentó con el sombrero en la mano. No se veían desde hacía más de un año.

Sólo quisiera hablar unos minutos, aclaró.

La Esposa joven lo odiaba.

El precio es el mismo, le dijo; si luego lo que quiere es hablar solamente, eso es asunto suyo.

De manera que Comandini desembolsó una suma considerable para sentarse delante de la Esposa joven, en una habitación con un mobiliario vagamente otomano, y para decirle la verdad. O por lo menos lo que sabía de la verdad. Le dijo desde cuándo no se sabía nada del Hijo. Le explicó toda la cuestión de los envíos, desde los dos carneros en adelante. Le aclaró que, en efecto, la última acción conocida del Hijo había sido comprar un pequeño cúter en Newport. Añadió que no había noticias de su posible muerte, o de cualquier accidente que pudiera haberle ocurrido. Había desaparecido en la nada, y punto.

La Esposa joven hizo un gesto de asentimiento con la cabeza. Luego resumió a su manera todo el asunto.

De acuerdo. Entonces está vivo y volverá.

Luego le preguntó si tenía que desnudarse.

Hay que señalar que, lamentablemente, Comandini dudó un largo instante antes de decir No, gracias, levantarse y encaminarse hacia la puerta.

Ya se estaba marchando cuando la Esposa joven lo detuvo con una pregunta.

¿Por qué demonios envió *El Quijote?*

¿Perdone?

¿Por qué demonios, con todos los libros que existen, envió precisamente *El Quijote?*

Comandini tuvo que concentrarse en un recuerdo que, resultaba evidente, no había considerado necesario mantener al alcance de la mano. Luego explicó que no entendía mucho de libros, había elegido tan sólo un título que había tenido ocasión de ver en la portada de un libro abandonado en un rincón, en la habitación de la Madre.

¿En la habitación de la Madre?, preguntó la Esposa joven.

Exactamente, respondió Comandini, con cierta dureza. Luego, sin despedirse, se marchó.

Por eso, mientras caminaba por el pasillo, ajustándose una capa ligera sobre el pecho, la Esposa joven podría haber pensado en el Hijo; habría tenido razones para hacerlo, e incluso deseos. Sin embargo, desde que un tío devorado por la fiebre había llegado en lugar del hombre que le daba un sentido a su juventud, la Esposa joven había dejado de esperar de la vida jugadas previsibles. Por eso se limitó a dejarse llevar –la mente, libre de pensamientos; el corazón, ausente– hasta la habitación en la que alguien estaba esperándola.

Entró y vio a Modesto y al Padre.

Ambos iban vestidos con orden y elegancia. El Padre estaba acostado en la cama, con sus rasgos faciales crispados.

Modesto soltó dos pequeñas toses. La Esposa joven no las había oído nunca, pero las comprendió perfectamente. Leyó en ellas una mezcla estudiada de consternación, sorpresa, zozobra y nostalgia.

Sí, dijo, con una sonrisa.

Agradecido, Modesto hizo una reverencia y se alejó de la cama dando los primeros pasos hacia atrás y luego girando sobre sí mismo como si una ráfaga de viento, y no una elección suya inoportuna, hubiera decidido por él. Salió de la habitación, y de este libro, sin decir ni una palabra.

Entonces la Esposa joven se acercó al Padre. Se miraron. La palidez del hombre era tremenda, y desprovisto de cualquier clase de orden era el sobresalto de su pecho. Respiraba como si mordiera el aire, no controlaba los ojos. Parecía haber envejecido mil años. Reunió todas las energías de las que todavía pudiera disponer y pronunció, con gran esfuerzo e insospechada firmeza, una única frase.

No voy a morir de noche, lo haré a la luz del sol.

Instintivamente, la Esposa joven lo comprendió todo y levantó la mirada hacia la ventana. Por detrás de las persianas entornadas no se filtraba nada más que oscuridad. Se volvió para comprobar qué hora era en el reloj de péndulo que en esa habitación, como en todas las demás, medía con cierto lujo el tiempo del trabajo. No sabía a qué hora llegaría el amanecer. Pero se dio cuenta de que tenían por delante algunas horas para derrotar y un destino para disolver. Decidió que iban a lograrlo.

Muy rápidamente pasó revista a los posibles gestos que realizar. Eligió uno que tenía el defecto de ser arriesgado y la ventaja de ser inevitable. Dejó la habitación, salió al pasillo, entró en el cuartito donde las chicas guardaban sus cosas, abrió el cajón que le estaba reservado a ella, cogió un pequeño objeto –un regalo que era inmensamente valioso para ella– y apretándolo en su mano regresó junto al Padre. Cerró con llave la puerta de la habitación, se acercó a la cama y se quitó la capa. Se remontó con la mente hasta una determinada imagen, la de la Madre que aferraba entre sus piernas al Padre del Padre, muchos años atrás, acariciándole el pelo y hablándole en voz baja, como si estuviera vivo. Dado que había aprendido que el único gesto exacto es la repetición, se subió a la cama, se acercó al Padre, cogió su cuerpo y con gran delicadeza se lo colocó entre las piernas y sobre el pecho. Sabía con certeza que él sabía lo que estaba haciendo.

Esperó a que la respiración del Padre se hiciese un poco más regular, y cogió el regalo que le era tan valioso. Era un pequeño libro. Se lo enseñó al Padre y, en voz baja, le leyó el título.

Cómo abandonar un barco.

El Padre sonrió, porque no tenía fuerzas para reírse y porque quien tiene sentido del humor lo tiene para siempre.

La Esposa joven abrió el librito por la primera página y empezó a leerlo, en voz alta. Dado que lo había hojeado muchas veces, sabía que era idéntico al Padre: meticuloso, racional, lento, irrefutable, aparentemente aséptico, secretamente poético. Intentó leer lo mejor que sabía, y cuando notaba que el cuerpo del Padre ganaba peso, o perdía voluntad, aceleraba el ritmo, para ahuyentar a la muerte. Estaba en la página 47, más o menos a la mitad del capítulo dedicado a las normas de etiqueta que se imponen a bordo de un bote salvavidas, cuando por las lamas de las persianas empezó a filtrarse una luz apenas teñida de naranja. La Esposa joven la vio planear sobre las páginas de color crema, sobre cada letra, y en su propia voz. No dejó de leer, pero se percató de que cualquier forma de cansancio se había disuelto en ella. Prosiguió desgranando las razones, sorprendentemente numerosas, que recomiendan situar a las mujeres y a los niños en la proa, y sólo cuando pasó a examinar los pros y los contras de los chalecos salvavidas fabricados en caucho, vio cómo el Padre volvía su rostro hacia la ventana y permanecía con los ojos completamente abiertos, ante aquella luz, asombrado. Entonces leyó aún algunas palabras, más lentamente, y luego otras palabras, en un hilo de voz, y luego silencio. El Padre seguía mirando la luz. Parpadeó, en algún momento, para expulsar esas lágrimas con las que no contaba. Buscó una mano de la Esposa joven y la estrechó. Dijo algo. La Esposa joven no lo entendió y entonces se agachó sobre el Padre para oír mejor. Él repitió.

Decidle a mi hijo que la noche ha terminado.

Murió cuando el sol acababa de separarse del horizonte y lo hizo sin un estertor, ni un movimiento, en una bocanada de aire como muchas otras, la última.

La Esposa joven buscó el latido de un corazón en el cuerpo que sostenía entre sus brazos y no lo encontró. Entonces pasó la palma de la mano sobre el rostro del Padre para cerrarle los ojos, en un gesto que desde siempre ha sido el privilegio de los vivos. Luego volvió a abrir el librito de tapas azules y comenzó a leer de nuevo. No tenía la menor duda de que al Padre le habría gustado eso, y en algunos pasajes sintió que ninguna oración fúnebre podría haber sido más apropiada. No se detuvo hasta el final y, al llegar a la última frase, la leyó con gran lentitud, como para resguardarse ante el peligro de romperla.

Cuatro años más tarde –como tuve la oportunidad de escribir hace unos días, en mi mente, mientras miraba, sin verlo, un mar que nunca más voy a abandonar– se presentó en el burdel un hombre con un encanto anómalo, elegante en sus ropas sencillísimas y en posesión de una calma sobrenatural. Cruzó el salón casi sin mirar a su alrededor y, con seguridad, fue a plantarse delante de la Esposa joven, que, sentada en una *dormeuse,* con una copa de champán en la mano, escuchaba divertida las confesiones de un ministro jubilado.

Al verlo, la Esposa joven entornó mínimamente los ojos. Luego se levantó.

Observó el rostro del hombre, sus rasgos adustos, el pelo largo echado hacia atrás, la barba que enmarcaba sus labios, apenas entreabiertos.

Tú, dijo.

El Hijo le sacó la copa de champán de sus dedos y se la tendió al ministro jubilado, sin decir ni una palabra. Luego cogió a la Esposa joven de la mano y se la llevó con él.

Al salir a la calle, se detuvieron un momento, para respirar el aire efervescente de la noche. Tenían toda la vida por delante.

El Hijo se quitó la chaqueta, que era de una lana áspera y de un color atractivo, y se la colocó a la Esposa joven sobre los hombros. Entonces, sin la más mínima inflexión de reproche y con un tono de curiosidad casi infantil, le hizo una pregunta.

¿Por qué precisamente en un burdel?

La Esposa joven sabía con absoluta precisión la respuesta, pero se la guardó para sí.

Aquí las preguntas las hago yo, dijo.

FIN